FLEURS & FRUITS

NOUVEAU RECUEIL

DE FABLES ET DE POÉSIES

EXTRAITES DES MEILLEURS AUTEURS ANCIENS ET MODERNES

A l'usage des Maisons d'Education
et des Ecoles primaires des deux sexes

PAR

E. ROBERT

COURS MOYEN ET COURS SUPÉRIEUR

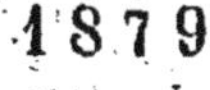

LYON	PARIS
GAY, Libraire-Éditeur	A. PICARD, Libraire-Éditeur
Saint-Polycarpe, 12.	rue Bonaparte, 82.

1879

FLEURS & FRUITS

NOUVEAU RECUEIL

DE FABLES ET DE POÉSIES

EXTRAITES DES MEILLEURS AUTEURS ANCIENS ET MODERNES

À l'usage des Maisons d'Education
et des Ecoles primaires des deux sexes

PAR

E. ROBERT

COURS MOYEN ET COURS SUPÉRIEUR

LYON

IMPRIMERIE X. JEVAIN

RUE SALA, 42 ET 44

1879

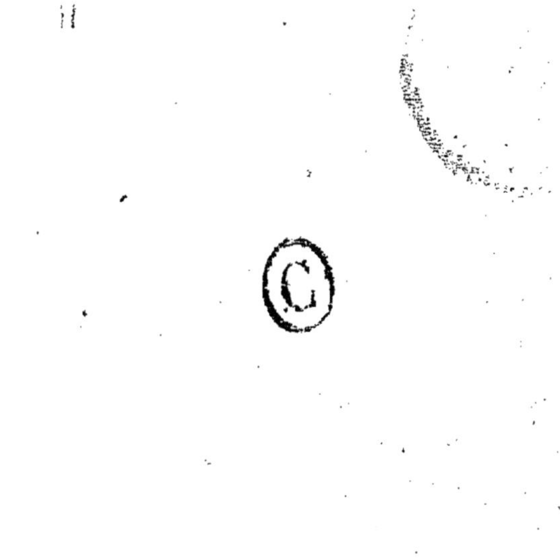

PREMIÈRE PARTIE

POÉSIES

1. — Dieu voit tout.

Ne dites pas, enfants, comme d'autres ont dit :
« Dieu ne me connaît pas, car je suis trop petit ;
Dans sa création ma faiblesse me noie ;
Il voit trop d'univers pour que son œil me voie. »
L'aigle de la montagne un jour dit au soleil :
« Pourquoi luire plus bas que ce sommet vermeil ?
A quoi sert d'éclairer ces prés, ces gorges sombres,
De salir tes rayons sur l'herbe dans ces ombres ?
La mousse imperceptible est indigne de toi. »
« Oiseau, dit le soleil, viens et monte avec moi. »
L'aigle avec le rayon s'élevant dans la nue
Vit la montagne fondre et baisser à sa vue,
Et, quand il eut atteint son horizon nouveau,
A son œil confondu tout parut de niveau.
« Eh bien ! dit le soleil, tu vois, oiseau superbe,
Si pour moi la montagne est plus haute que l'herbe ;
Rien n'est grand ni petit devant mes yeux géants ;
La goutte d'eau me peint comme les océans ;
De tout ce qui me voit je suis l'astre et la vie ;

Comme le cèdre altier l'herbe me glorifie ;
J'y chauffe la fourmi, des nuits j'y bois les pleurs ;
Mon rayon s'y parfume en traînant sur les fleurs.
Et c'est ainsi que Dieu qui seul est sans mesure,
D'un œil, pour tous égal, voit toute sa nature ! »
Chers enfants, bénissez, si votre cœur comprend,
Cet œil qui voit l'insecte, et pour qui tout est grand !

LAMARTINE.

2. — Les deux Routes de la Vie.

Il est deux routes dans la vie :
L'une, solitaire et fleurie,
Qui descend sa pente chérie
Sans se plaindre et sans soupirer,
Le passant la remarque à peine,
Comme le ruisseau de la plaine,
Que le sable de la fontaine
Ne fait pas même murmurer.

L'autre, comme un torrent sans digue,
Dans une éternelle fatigue,
Sous les pieds de l'enfant prodigue,
Roule la pierre d'Ixion.
L'une est bornée et l'autre immense,
L'une meurt où l'autre commence :
La première est la *Patience*,
La seconde est l'*Ambition*.

Alf. de MUSSET.

3. — Rien.

A faire des couplets sur *rien*
Le sort veut que je me dispose,
Il faudrait, pour les faire bien,
Que *rien* prêtât à quelque chose.

Je ne sais trop, avec raison,
Que dire sur un tel chapitre ;
Mais, ne valant *rien*, ma chanson
Aura du moins rempli son titre.

Rien est souvent l'unique lot
Du talent que l'envie abaisse :
Rien est souvent le premier mot
Qu'à l'indigent le riche adresse.
Rien dans le cœur, *rien* dans l'esprit,
Sont les *riens* qu'aux sots on reproche ;
Mais le pire, sans contredit,
Mes amis, c'est *rien* dans la poche.

Mais, deux couplets, c'est bien assez,
Et le troisième m'embarrasse.
Quoi ! dira-t-on, vous commencez,
Et déjà vous demandez grâce ?
Dieu fit de *rien*, chacun le sait,
Tout ce que l'on voit sur la terre,
Et c'est parce qu'il a tout fait
Qu'il ne me reste *rien* à faire.

Mme PERRIER.

4. — Le Rêve d'une Mère.

Comme un pêcheur, quand l'aube est prés d'éclore,
Court épier le réveil de l'aurore,
Pour lire au ciel l'espoir d'un jour serein,
Ta mère, enfant, rêve à ton beau destin.
Ange des cieux, que seras-tu sur terre ?
Homme de paix ou bien homme de guerre ?
Prêtre à l'autel, beau cavalier au bal ?
Brillant poëte, orateur, général ?
  En attendant, sur mes genoux,
  Ange aux yeux bleus, endormez-vous.

Son œil le dit, il est né pour la guerre,
De ses lauriers comme je serai fière!
Il est soldat, le voilà général,
Il court, il vole, il devient maréchal.
Le voyez-vous au sein de la bataille,
Le front radieux, à travers la mitraille ?
L'ennemi fuit, tout cède à sa valeur,
Sonnez, clairons, car mon fils est vainqueur,
    En attendant, sur mes genoux,
    Beau général, endormez-vous.

Mais non, mon fils, ta mère en ses alarmes
Craindrait pour toi le jeu sanglant des armes,
Coule plutôt tes jours dans le saint lieu,
Loin des périls sous le regard de Dieu.
Sois cette lampe à l'autel allumée,
De la prière haleine parfumée,
Sois cet encens qu'offre le séraphin
A l'Eternel, avec l'hymne divin.
    En attendant, sur mes genoux,
    Mon beau lévite, endormez-vous.

Pardon, mon Dieu, dans ma folle tendresse,
J'ai de vos lois méconnu la sagesse;
Si j'ai péché, ne punissez que moi,
J'ai seule en vous, Seigneur, manqué de foi :
Près d'un berceau, le rêve d'une mère
Devrait toujours n'être qu'une prière;
Daignez, grand Dieu, choisir pour mon enfant,
Vous voyez mieux, et vous l'aimez autant.
    Et toi, mon ange aux yeux si doux,
    Repose en paix sur mes genoux.

NETTEMENT.

5. — Trois Jours de Christophe Colomb.

— « En Europe ! en Europe ! — Espérez ! — Plus d'espoir !
— Trois jours, leur dit Colomb, et je vous donne un monde !»
Et son doigt le montrait, et son œil pour le voir,
Perçait de l'horizon l'immensité profonde.
Il marche, et des trois jours le premier jour a lui,
Il marche, et l'horizon recule devant lui ;
Il marche, et le jour baisse ; avec l'azur de l'onde
L'azur d'un ciel sans borne à ses yeux se confond ;
Il marche, il marche encore, et toujours ; et la sonde
Plonge et replonge en vain dans une mer sans fond.
Le pilote en silence, appuyé tristement
Sur la barre qui crie au milieu des ténèbres,
Ecoute du roulis le sourd mugissement,
Et des mâts fatigués les craquements funèbres.
Les astres de l'Europe ont disparu des cieux ;
L'ardente Croix du sud épouvante ses yeux.
Enfin l'aube attendue et trop lente à paraître
Blanchit le pavillon de sa douce clarté :
« Colomb, voici le jour ! le jour vient de renaître !
— Le jour ! et que vois-tu ? — Je vois l'immensité. »
Qu'importe ? il est tranquille... Ah ! l'avez-vous pensé !
Une main sur son cœur, si sa gloire vous tente,
Comptez les battements de ce cœur oppressé,
Qui s'élève et retombe, et languit dans l'attente ;
Ce cœur qui, tour à tour brûlant ou sans chaleur,
Se gonfle de plaisir, se brise de douleur.
Vous comprendrez alors que, durant ces journées,
Il vivait, pour souffrir, des siècles par moments.
Vous direz : « Ces trois jours dévorent des années,
Et la gloire est trop chère au prix de ces tourments. »
Le second jour a fui : Que fait Colomb ? il dort ;
La fatigue l'accable, et dans l'ombre on conspire.
« Périra-t-il ? — Aux voix ! — La mort ! La mort ! La mort !
— Qu'il triomphe demain, ou, parjure, il expire. »
Les ingrats ! Quoi ! demain, il aura pour tombeau

Les mers où son audace ouvre un chemin nouveau!
Et peut-être demain, leurs flots impitoyables
Le poussant vers ces bords que cherchait son regard,
Les lui feront toucher, en roulant sur les sables:
L'aventurier Colomb, grand homme un jour plus tard!
Il rêve : comme un voile étendu sur les mers,
L'horizon qui les borne à ses yeux se déchire,
Et ce monde nouveau qui manque à l'univers,
De ses regards ardents il l'embrasse, il l'admire.
Qu'il est beau, qu'il est frais ce monde vierge encor !
L'or brille sur ses fruits, ses eaux roulent de l'or !
Déjà, plein d'une ivresse inconnue et profonde,
Tu t'écrias, Colomb : « Cette terre est mon bien !..
Mais une voix s'élève, elle a nommé ce monde,
O douleur ! et d'un nom qui n'était pas le tien...

C. Delavigne.

6. — Les Grand'Mères.

Vous tous, petits enfants, aimez bien vos grand'mères ;
Entourez-les ; leur âge a des douleurs amères ;
Oh ! formez devant l'âtre une riante cour,
Quand votre aïeule vient au cercle de famille
Chauffer ses membres froids au foyer qui pétille,
    Son cœur à votre amour!

Votre sourire franc qu'elle aime et qu'elle implore,
Est un rayon d'hiver qui la ranime encore ;
Son frais et vert printemps lui semble refleuri,
Quand son petit enfant vient gazouiller près d'elle
Comme un oiseau joyeux qui monte et bat de l'aile
    Sur un arbre flétri.

Ses mains qu'il faut presser avec mille tendresses,
Sont pleines de jouets et pleines de caresses.
Baisez ses cheveux blancs, diadème béni ;
Qu'il souffle un peu d'amour dans ses chemins arides ;

Un seul baiser d'enfant fait oublier vingt rides
A son front rajeuni !

Son navire est au port et va plier ses voiles ;
Hâtez-vous de l'aimer, c'est moi qui vous le dis,
Car déjà son pied touche au seuil du paradis ;
L'ombre envahit ses jours couverts de sombres voiles
Nul soleil d'autrefois dans son cœur ne reluit ;
Venez y rayonner : la vieillesse est la nuit,
Enfants, soyez-en les étoiles !

Mais un jour, vous verrez, sur la porte un drap noir ;
L'aïeule manquera dans le cercle du soir ;
Puis plus tard, votre mère et tous vos plus fidèles,..
Nos logis sont des nids, d'abord pleins et joyeux!
Mais dont les habitants sont des oiseaux des cieux,
Qui tôt ou tard ouvrent leurs ailes.

Oh! quand vous serez tous plus tristes et plus grands ;
Quand vous saurez penser, mes petits ignorants,
Le soir, en remuant le passé plein de flamme,
De l'aïeule, avec pleurs, vous parlerez encor:
Vos souvenirs d'enfants, comme autant de fils d'or,
L'auront enchaînée à votre âme!
Mme Anaïs Ségalas.

7. — Les petites Sœurs.

Elles vont, la main dans la main,
On ne les voit jamais qu'ensemble:
Sans que l'une à l'autre ressemble,
Toujours sur le même chemin
Elles vont, la main dans la main.

Deux fleurs sur une seule branche!
S'embrassant toujours d'un côté,
Même quand l'arbre est agité ;
L'une étant rose et l'autre blanche,
Deux fleurs sur une seule branche.

1.

Où sont donc les petites sœurs ?
Dit chacun de nous, qu'il demande
La plus petite ou la plus grande.
Elles sont d'égales douceurs ;
Où sont donc les petites sœurs ?

L'une veut tout ce que veut l'autre,
Dans l'étude ou dans le plaisir ;
Chacune oubliant son désir,
Pour leur bonheur et pour le nôtre,
L'une veut tout ce que veut l'autre.

Aux œuvres du cœur ou des doigts
Prompte l'une et l'autre à bien faire,
Chacune est la petite mère,
La petite sœur à la fois,
Aux œuvres du cœur ou des doigts.

Jamais de pleurs ni de querelles,
Au salon pas plus qu'au berceau ;
Les bijoux après le cerceau,
Tout gaîment se partage entre elles...
Jamais de pleurs ni de querelles.

Elles vont la main dans la main,
On ne les voit jamais qu'ensemble ;
Sans que l'une à l'autre ressemble,
Toujours sur le même chemin
Elles vont la main dans la main.

Victor de Laprade.

8. — La Chute des Feuilles.

De la dépouille de nos bois
L'automne avait jonché la terre :
Le bocage était sans mystère,
Le rossignol était sans voix.
Triste et mourant à son aurore,
Un jeune malade, à pas lents,

Parcourait une fois encore
Les bois chers à ses premiers ans :
Bois que j'aime! adieu... je succombe,
Votre deuil me prédit mon sort ;
Et dans chaque feuille qui tombe
Je vois un présage de mort.
Fatal oracle d'Epidaure,
Tu m'as dit : « Les feuilles des bois
« A tes yeux jauniront encore,
« Mais c'est pour la dernière fois.
« L'éternel cyprès t'environne,
« Plus pâle que la pâle automne.
« Tu t'inclines vers le tombeau ;
« Ta jeunesse sera flétrie
« Avant l'herbe de la prairie
« Avant les pampres du coteau. »
Et je meurs!... De leur froide haleine
M'ont touché les sombres autans,
Et j'ai vu comme une ombre vaine
S'évanouir mon beau printemps.
Tombe, tombe, feuille éphémère!
Voile aux yeux ce triste chemin ;
Cache au désespoir de ma mère
La place où je serai demain.
Il dit, s'éloigne et sans retour...
La dernière feuille qui tombe
A signalé son dernier jour.
Sous le chêne on creusa sa tombe.

. . . .

Et le pâtre de la vallée
Trouble seul du bruit de ses pas,
Le silence du mausolée.

MILLEVOYE.

9. — Le dernier Jour de l'Année,

Déjà la rapide journée
Fait place aux heures du sommeil,
Et du dernier fils de l'année
S'est enfui le dernier soleil.
Près du foyer, seule, inactive,
Livrée aux souvenirs puissants,
Ma pensée erre, fugitive,
Des jours passés aux jours présents.
Ma vue au hasard arrêtée,
Longtemps de la flamme agitée
Suit les caprices éclatants,
Ou s'attache à l'acier mobile,
Qui compte sur l'émail fragile
Les pas silencieux du temps.
Un pas encore, encore une heure,
Et l'année aura, sans retour,
Atteint sa dernière demeure ;
L'aiguille aura fini son tour.
Pourquoi, de mon regard avide,
La poursuivre ainsi tristement,
Quand je ne puis d'un seul moment
Retarder sa marche rapide ?
Du temps qui vient de s'écouler
Si quelques jours pouvaient renaître,
Il n'en est pas un seul, peut-être,
Que ma voix daignât rappeler !
Mais des ans la fuite m'étonne ;
Leurs adieux oppressent mon cœur ;
Je dis : C'est encore une fleur
Que l'âge enlève à ma couronne,
Et livre au torrent destructeur.
C'est une ombre ajoutée à l'ombre
Qui déjà s'étend sur mes jours ;
Un printemps retranché du nombre
De ceux dont je verrai le cours !

Ecoutons!... le timbre sonore
Lentement frémit douze fois;
Il se tait... je l'écoute encore,
Et l'année expire à sa voix.
C'en est fait : en vain je l'appelle,
Adieu!... Salut, sa sœur nouvelle,
Salut; quels dons chargent ta main?
Quel bien nous apporte ton aile?
Quels beaux jours dorment dans ton sein?
Que dis-je? à mon âme tremblante
Ne révèle point tes secrets.
D'espoir, de jeunesse, d'attraits,
Aujourd'hui tu parais brillante,
Et ta course insensible et lente
Peut-être amène les regrets.
Ainsi chaque soleil se lève,
Témoin de nos vœux insensés;
Ainsi toujours son cours s'achève,
En entraînant, comme un vain rêve,
Nos vœux déçus et dispersés.
Mais l'espérance fantastique,
Répandant sa clarté magique
Dans la nuit du sombre avenir,
Nous guide d'année en année
Jusqu'à l'aurore fortunée
Du jour qui ne doit pas finir.

Mme A. Tastu.

10. — Le petit Sou neuf.

Tu sors de la monnaie ainsi que d'un château,
    Tu prends des airs fiers et sublimes;
Et chacun te salue en te voyant si beau,
    Petit marquis de cinq centimes.

La jeunesse est volage, elle aime à voyager;
    Tout l'attire, rien ne l'effraye;

Pars donc, va parcourir, vagabond et léger,
La poche et le porte-monnaie;

La bourse de l'avare, où sonnent les écus,
Celle du prodigue, où, je gage,
Tu te verras parfois, seul comme Marius
Sur les ruines de Carthage.

Mais dans la main du pauvre arrive sans retard,
Et ne va pas manquer au petit Savoyard,
Au chanteur de la rue, oiseau sans nid peut-être,
Rossignol enroué dont le sort est cruel.
Si la manne aujourd'hui ne tombe plus du ciel,
Qu'au moins le petit sou tombe de la fenêtre.

Ami de l'ouvrière, à qui tu viens sourire,
Habitant des greniers et de la tirelire,
Jamais du coffre-fort tu n'auras les honneurs.
C'est le palais où vit la pièce d'or altière;
Mais l'humble tirelire est, comme la chaumière
Où tu t'endors en paix sans souci des voleurs.

Allons, en avant marche! entre dans la caserne.
On t'illustra d'un aigle, ô petit sou moderne,
Pour payer nos soldats! Le courage et l'honneur
Ont des lauriers au front et des sous dans la poche :
Le soldat est sans biens, sans peur et sans reproche,
Le cuivre est dans sa poche et l'or est dans son cœur.

Mais pour les frais du culte, un prêtre te demande.
Mon petit sou béni, tombe vite en offrande...
Ajoute une lumière à l'autel plus vermeil,
Viens donner une fleur au Dieu qui sans mesure
Nous donna les grands bois et la grande nature,
Un simple cierge au Dieu qui nous rend le soleil.

Un jour, ô sou charmant que la jeunesse cuivre,
Tu deviendras pareil à ces vieillards de cuivre,
Usés, noircis, rouillés! Le temps nous vieillit tous;
A l'un il met la ride, à l'autre il met la rouille,

De leur jeune fraîcheur, en passant il dépouille
Les roses du printemps comme les petits sous.

Tu diras : « Je suis vieux, mais j'ai vécu sans crimes,
« Sans tenter l'assassin avec mes cinq centimes.
« Jamais le sang versé ne me déshonora ;
« Je suis le petit sou que l'on fit pour l'aumône :
« J'ouvre une porte au ciel à celui qui me donne,
« Je fais un peu de bien sans venir du Pérou.
« Avec les pièces d'or, soleils de la cassette,
« On bâtit des palais pompeux ; mais on achète
« Sa place au paradis avec un petit sou. »

ANAÏS SÉGALAS.

11. — Pour les Pauvres.

Dans vos fêtes d'hiver, riches, heureux du monde,
Quand le bal tournoyant de ses feux vous inonde,
Quand partout à l'entour de vos pas vous voyez
Briller et rayonner cristaux, miroirs, balustres.
Candélabres ardents, cercle étoilé de lustres,
Et la danse et la joie au front des conviés ;

Tandis qu'un timbre d'or sonnant dans vos demeures
Vous change en joyeux chant la voix grave des heures,
Oh ! songez-vous parfois que, de faim dévoré,
Peut-être un indigent, dans les carrefours sombres,
S'arrête et voit danser vos lumineuses ombres
       Aux vitres du salon doré ?

Songez-vous qu'il est là sous le givre et la neige,
Ce père sans travail que la famine assiège
Et qu'il se dit tout bas: « Pour un seul, que de biens !
A son large festin que d'amis se récrient !
Ce riche est bien heureux, ses enfants lui sourient :
Rien que dans leurs jouets que de pain pour les miens ! »

Et puis à votre fête il compare en son âme
Son foyer où jamais ne rayonne une flamme,

Ses enfants affamés et leur mère en lambeaux,
Et sur un peu de paille, étendue et muette,
L'aïeule que l'hiver, hélas! a déjà faite
    Assez froide pour le tombeau.

Donnez, riches! L'aumône est sœur de la prière,
Hélas! quand un vieillard sur votre seuil de pierre,
Tout roidi par l'hiver, en vain tombe à genoux;
Quand les petits enfants, les mains de froid rougies,
Ramassent sous vos pieds les miettes des orgies,
La face du Seigneur se détourne de vous.

Donnez afin que Dieu, qui dote les familles,
Donne à vos fils la force et la grâce à vos filles,
Afin que votre vigne ait toujours un doux fruit,
Afin qu'un blé plus mûr fasse plier vos granges,
Afin d'être meilleurs, afin de voir les anges
    Passer dans vos rêves la nuit !

Donnez ! il vient un jour où la terre nous laisse;
Vos aumônes là-haut vous font une richesse.
Donnez! afin qu'on dise: « Il a pitié de nous! »
Afin que l'indigent que glacent les tempêtes,
Que le pauvre, qui souffre à côté de vos fêtes,
Au seuil de vos palais fixe un œil moins jaloux !

Donnez! pour être aimés du Dieu qui se fit homme,
Pour que le méchant même en s'inclinant vous nomme,
Pour que votre foyer soit calme et fraternel,
Donnez! afin qu'un jour, à votre heure dernière,
Contre tous vos péchés vous ayez la prière
    D'un mendiant puissant au ciel !

VICTOR HUGO.

12. — Le Roi de la Fève.

« Je suis roi » s'écriait un bon petit garçon,
Chez d'humbles artisans, pauvre et simple maison
Où pour le jour des rois, la table était dressée.

Table sans plat royal ; mais d'amis si pressée,
Que pour y dévorer le modeste repas,
On s'y touchait du cœur, on s'y touchait du bras !

Dans ce maigre banquet, moins succulent qu'intime,
Les conviés amis avaient versé leur dîme :
Selon son faible gain, là, chaque travailleur
Grossissait le festin du fruit de son labeur,
Et, pour se réjouir, malgré le sort sévère,
Se faisait riche un jour en mêlant sa misère !

« Je suis roi ! j'ai la fève ! oh ! voyez quel bonheur !
Disait l'enfant du pauvre, oubliant son malheur ;
Je suis roi ! répétait, dans sa naïve gloire,
Ce souverain sans sceptre et sans nom dans l'histoire :
Je suis roi, je commande et je règne aujourd'hui ! »
Et notre tapageur cherchait, autour de lui,
Chaises et tabourets pour s'élever un trône,
Ou quelque objet brisé pour former sa couronne.

« Je gouverne ! Venez, mes parents, mes amis !
Vous êtes mes sujets à mon conseil admis ! »
Chacun contint son rire à cette voix mutine,
Et voulut seconder la folie enfantine ;
On se leva, soumis ainsi que des sujets,
Pour entendre, debout, les solennels décrets.

« Écoutez ! poursuivit, dans un joyeux délire,
Notre gentil gamin, paré de son sourire ;
D'abord je veux qu'on m'aime, et que tous soient heureux.

« Père de mes sujets, si je règne sur eux,
C'est comme le bon Dieu qui règne sur le monde,
Pour que, grand ou petit, dans mon cœur se confonde !
Comme aux oiseaux du ciel ouvrant mes larges champs,
Je vous protège tous, excepté les méchants !
Je ne fais pas de rangs dans l'amour que je donne,
Et je veux du bonheur pour tous ou pour personne.
Un roi, pas plus qu'un Dieu, n'a besoin de son or ;

A tous ceux qui n'ont rien, je verse mon trésor.
Mêlant mon propre bien à la masse commune,
De mon peuple chéri, je guéris l'infortune ;
Plus de pleurs! plus de cris chez le pauvre ouvrier,
Qui manque trop souvent de l'épi nourricier ;
Je veux qu'il ait du pain, des vêtements! j'ordonne,
Puisque le grain est cher, qu'on fonde ma couronne,
Et qu'en manne féconde, en lingots bienfaisants,
Elle serve à nourrir ses malheureux enfants!
Prenez mes prés, mes bois, mes forêts, mes domaines.
Semez d'épis nombreux mes paresseuses plaines!
J'ai de larges châteaux, qui sont seuls et déserts ;
Qu'ils abritent le pauvre au milieu des hivers !
Lorsque les temps sont durs, amasser est infâme !
Mon budget me suffit ; qu'un édit le proclame!
Si dans mes plans nouveaux je n'ai pas leur appui,
Je casse mon ministre et la chambre avec lui! »

Soudain, comme un héros trop pesant pour sa selle,
Il perd son équilibre, et le gradin chancelle ;
Le tabouret brisé, parmi les cris d'effroi,
Trouble en croulant sous lui, sa majesté de roi,
Et le prince au milieu de son édit prospère,
Trébuche et va tomber dans les bras de son père.

Le monarque fut sauf ; mais plus de trône, hélas !
Sa couronne à ses pieds se disperse en éclats.
Et libre des splendeurs dont la chute l'enseigne,
Avec l'humble festin il achève son règne.

Mme HERMANCE LESGUILLON.

13.— Le roi de Prusse et le meunier Sans-Souci.

Sur un riant coteau, par le prince choisi,
S'élevait le moulin du meunier Sans-Souci.
Le vendeur de farine avait pour habitude
D'y vivre au jour le jour, exempt d'inquiétude,
Et, de quelque côté que vînt souffler le vent,

Il y tournait son aile et s'endormait content.
Fort bien achalandé, grâce à son caractère,
Le moulin prit le nom de son propriétaire;
Et, des hameaux voisins les filles, les garçons,
Allaient à Sans-Souci pour danser aux chansons.

Hélas! est-ce une loi sur notre pauvre terre,
Que toujours deux voisins auront entre eux la guerre,
Que la soif d'envahir et d'étendre ses droits
Tourmentera toujours les meuniers et les rois?
En cette occasion le roi fut le moins sage ;
Il lorgna du voisin le modeste héritage.

On avait fait des plans, forts beaux sur le papier,
Où le chétif enclos se perdait tout entier.
Il fallait, sans cela, renoncer à la vue,
Rétrécir les jardins et masquer l'avenue.
Des bâtiments royaux l'ordinaire intendant
Fit venir le meunier; et, d'un ton important :
« Il nous faut ton moulin; que veux-tu qu'on t'en donne ?
— Rien du tout; car j'entends ne le vendre à personne...
Il vous faut est fort bon... Mon moulin est à moi
Tout aussi bien, au moins, que la Prusse est au roi.
— Allons, ton dernier mot, bonhomme, et prends-y garde!
— Faut-il vous parler clair? — Oui. — C'est que je le garde.
Voilà mon dernier mot. » Ce refus effronté
Avec un grand scandale au prince est raconté.
Il mande auprès de lui le meunier indocile,
Presse, flatte, promet : ce fut peine inutile.
Sans-Souci s'obstinait : « Entendez la raison,
Sire, je ne puis pas vous vendre ma maison :
Mon vieux père y mourut; mon fils y vient de naître,
C'est mon Postdam à moi. Je suis tranchant, peut-être :
Ne l'êtes vous jamais? Tenez, mille ducats
Au bout de vos discours ne me tenteraient pas.
Il faut vous en passer; je l'ai dit, j'y persiste. »
Les rois malaisément souffrent qu'on leur résiste;
Frédéric, un moment par l'humeur emporté :

« Parbleu! de ton moulin c'est bien être entêté !
Je suis bon de vouloir t'engager à le vendre :
Sais-tu que, sans payer, je pourrais bien le prendre?
Je suis le maître. — Vous!... de prendre mon moulin?
Oui, si nous n'avions pas des juges à Berlin. »
Le monarque, à ce mot, revint de son caprice.
Charmé, que sous son règne, on crut à la justice,
Il rit, et se tournant vers quelques courtisans :
« — Ma foi, Messieurs, je crois qu'il faut changer nos plans.
Voisin, garde ton bien ; j'aime fort ta réplique. »
Qu'aurait-on fait de mieux dans une république?
Le plus sûr est pourtant de ne pas s'y fier.
Ce même Frédéric, juste envers un meunier,
Se permit maintes fois telle autre fantaisie :
Témoin ce certain jour qu'il prit la Silésie;
Qu'à peine sur le trône, avide de lauriers
Epris du vain renom qui séduit les guerriers,
Il mit l'Europe en feu. Ce sont là jeux de prince,
On respecte un moulin, on vole une province.

ANDRIEUX.

14. — Les Médisants.

Vous les connaissez bien, car ils ont leurs entrées
Aux plus brillants salons. Ils sont étincelants :
Leurs gilets sont brodés, leurs jupes à volants :
Ils ont des fleurs au front, des cravates moirées,
Des robes de Palmyre et des habits pimpants,
Sortis des mains de Staub: ce sont de beaux serpents
      Avec des écailles dorées.

Leur sourire est câlin et leur charme est complet;
Leurs propos caressants, qui vers eux vous entraînent,
Sont plus doux que le miel où les mouches se prennent.
Ils vous brûlent en face un encens qui vous plaît,
Dont le parfum dépasse et la myrrhe et la rose;
Mais dès que vous partez, étrange et triste chose,
Ils jettent l'encensoir pour prendre le sifflet.

Vipères aux doux yeux, aspics frisés, parés,
Quand un de vous saisit une proie et l'enlace,
Comme il sait, ô mon Dieu! l'étouffer avec grâce;
Comme il a des venins emmiellés et sucrés !
Dans ses anneaux charmants il serre, il broie, il blesse
La réputation, l'honneur, puis il en laisse
Les lambeaux tout saignants sur les parquets cirés.

Vous cherchez le berceau, la source, la famille
De tout ce qui s'élève et semble étinceler;
Si l'origine est humble, empressés d'en parler,
Vous dites, en voyant le papillon voler :
    « Autrefois il était chenille. »

Votre esprit est coquet, et, lorsqu'il prend l'essor,
C'est souvent sans vengeance et sans haine qu'il blesse;
C'est pour tendre son arc et prouver son adresse ;
Pour se faire applaudir comme un toréador;
Pour lancer un trait fin à la pointe brillante :
Il ne vise et n'atteint la victime sanglante
    Que pour montrer ses flèches d'or.

Mais sans doute, ô railleurs! qui tirez sur les vices,
Vous êtes parfaits, vous, et vos âmes novices,
Candides, où jamais Satan ne s'est glissé,
Brûlent d'un feu plus saint que la lueur des cierges?
Elles ont la blancheur que, sur les Alpes vierges
    A la neige, où nul n'a passé?

Mais non... votre âme, hélas! n'est qu'une pécheresse
Aussi faible qu'une autre, et cent fois plus traîtresse!
On y voit mainte tache, avec un bon flambeau.
Quand vous riez d'autrui, dans vos folles histoires,
On dirait que voulant railler ses plumes noires,
    Le merle siffle le corbeau !

Voyez-vous, l'indulgence est la belle des belles!
C'est un bandeau charmant qu'on met sur les prunelles,
Afin de ne pas voir les fautes du prochain.

N'égratignez donc plus avec votre ongle rose;
Hâtez-vous de couper vos griffes, pour qu'on ose
Vous prendre et vous serrer la main.

ANAÏS SÉGALAS.

15. — Le Fuseau de la Grand'Mère.

Ah ! le bon temps qui s'écoulait
Dans le moulin de mon grand-père !
Pour la veillée on s'assemblait
Près du fauteuil de ma grand'mère ;
Ce que grand-père racontait,
Comme en silence on l'écoutait !
Et comme alors gaiment trottait
Le vieux fuseau de ma grand'mère !
  Comme il trottait !
Et quel bon temps ! quel temps c'était !

Grand-père était un vieux bonhomme,
Il avait bien près de cent ans ;
Tout était vieux sous son vieux chaume,
Hors les enfants de ses enfants :
Vieux vin dans de vieilles armoires,
Vieille amitié, douce toujours !
Vieilles chansons, vieilles histoires,
Vieux souvenirs des anciens jours !

Grand'mère était la gaîté même ;
On la trouvait toujours riant ;
Depuis le jour de son baptême
Elle riait en s'éveillant.
De sa maison, riant asile,
Elle était l'âme : aussi, depuis
Que son fuseau reste immobile,
On ne rit plus dans le pays.

Le vieux moulin de mon grand-père
Tout comme lui s'est abattu ;
Le vieux fuseau de ma grand'mère !

A la muraille est suspendu.
Et vous, couchés sous l'herbe épaisse,
Comme au vieux temps encore unis,
Je crois vous voir quand le jour baisse,
Et tout en larmes je redis :

Ah ! le bon temps qui s'écoulait,
Dans le moulin de mon grand-père !
Pour la veillée on s'assemblait
Près du fauteuil de ma grand-mère ;
Ce que grand-père racontait,
Comme en silence on l'écoutait !
Et comme alors gaiment trottait
Le vieux fuseau de ma grand'mère !
   Comme il trottait !
Et quel bon temps ! quel temps c'était !
Edouard Plouvier.

16. — L'Enfant et le Vieillard.

Oh ! le lis est moins pur qu'un bel enfant candide
Nouvellement tombé de vos mains, ô mon Dieu !
On sent bien qu'il vous quitte, et sur son front limpide
On voit la trace encor de vos baisers d'adieu.

Son bon ange gardien dans son âme nouvelle
N'aperçoit nul point noir ; tout est blanc, radieux,
Jamais pour s'envoler l'ange n'ouvre son aile ;
Et jamais il ne met la main devant ses yeux.

Dans le cœur de l'enfant point de laves de flamme,
Point de serpent caché qui jette son venin ;
Tout est candeur ; mon Dieu ! vous fîtes sa jeune âme
Comme un calice d'or plein d'un parfum divin.

Mais l'enfant devient homme et le vice s'éveille ;
L'ange gardien s'endort ou bien remonte au ciel ;
Sur le calice d'or rarement l'homme veille ;
Il le laisse remplir de limon et de fiel.

Puis il vieillit et voit ses passions éteintes;
Il se fait pur; sa main se lève pour bénir;
L'enfant et le vieillard, ce sont deux choses saintes;
L'un vient de fermer l'aile et l'autre va l'ouvrir.

J'aime leurs cheveux blancs; j'aime leur tête blonde;
De notre pauvre terre ils ne sont qu'à moitié;
Ils ne touchent en rien aux passions du monde,
L'un en est pur et l'autre en est purifié.

Qu'il est doux dans les jours de doute et de souffrance,
Où l'on n'a foi qu'au vice, où l'on pleure abattu,
D'avoir un bel enfant pour croire à l'innocence,
Un père en cheveux blancs pour croire à la vertu.

Mme ANAÏS SÉGALAS.

17. — L'Enfant aux Perles.

Une petite fille à la mine rosée,
Riche et fière de ses huit ans,
Courait, blonde chevrette, un matin de printemps,
Parmi les genêts d'or tout perlés de rosée.
Avant l'aube on eut dit que les astres cléments
Avaient tamisé sur la terre
Une fine poussière
De diamants.
Les rossignols chantaient, les pinsons et les merles
Saluaient le soleil de leur chant familier.
L'enfant n'écoutait point, ne voyait que les perles,
Et s'écriait : Je vais m'en faire un beau collier!
La voilà qui saisit prestement son aiguille,
La plante avec bonheur dans cette onde qui brille,
Arrondie en globule aux branches du genêt.
Mais hélas! sous les doigts de la petite fille
Chaque perle brisée en glissant disparaît.

Dans cette blonde enfant je vois notre jeunesse
Ardente à désirer, se fatiguant sans cesse
Pour atteindre des papillons;

C'est l'espérance chasseresse
Qui poursuit des illusions!
Et dans ces gouttes d'eau qui brillent sur la rose,
Sur un brin d'herbe ou les genêts en fleur,
Je vois l'image du bonheur,
Qui glisse et disparaît dès que le doigt s'y pose.

BARRILLOT.

18. — La mort de Jeanne d'Arc.

A qui réserve-t on ces apprêts meurtriers?
Pour qui ces torches qu'on excite?
L'airain sacré tremble et s'agite...
D'où vient ce bruit lugubre? Où courent ces guerriers
Dont la foule à longs flots roule et se précipite?
La joie éclate sur leurs traits;
Sans doute l'honneur les enflamme;
Ils vont pour un assaut former leurs rangs épais?
Non, ces guerriers sont des Anglais
Qui vont voir mourir une femme!
Qu'ils sont nobles dans leur courroux!
Qu'il est beau d'insulter au bras chargé d'entraves!
La voyant sans défense, ils s'écriaient, ces braves:
« Qu'elle meure! Elle a contre nous
Des esprits infernaux suscité la magie... »
Lâches! que lui reprochez-vous?
D'un courage inspiré la brillante énergie,
L'amour du nom français, le mépris du danger,
Voilà sa magie et ses charmes.
En faut-il d'autres que des armes
Pour combattre, pour vaincre et punir l'étranger?
Du Christ, avec ardeur, Jeanne baisait l'image,
Ses longs cheveux épars flottaient au gré des vents.
Au pied de l'échafaud, sans changer de visage,
Elle s'avançait à pas lents.
Tranquille, elle y monta; quand, debout sur le faîte,
Elle vit ce bûcher qui l'allait dévorer,

2

Les bourreaux en suspens, la flamme déjà prête,
Sentant son cœur faillir, elle baissa la tête
        Et se prit à pleurer.
        Ah! pleure, fille infortunée!
        Ta jeunesse va se flétrir
        Dans sa fleur trop tôt moissonnée!
        Adieu, beau ciel, il faut mourir!
Tu ne reverras plus tes riantes montagnes,
Le temple, le hameau, les champs de Vaucouleurs.
        Et ta chaumière, et tes compagnes,
Et ton père expirant sous le poids des douleurs.
Après quelques instants d'un horrible silence,
Tout à coup le feu brille, il s'irrite, il s'élance...
Le cœur de la guerrière alors s'est ranimé ;
A travers les vapeurs d'une fumée ardente,
        Jeanne, encor menaçante,
Montre aux Anglais son bras à demi-consumé.
        Pourquoi reculer d'épouvante?
        Anglais, son bras est désarmé.
La flamme l'environne, et sa voix expirante
Murmure encore: «O France! ô mon roi bien-aimé!»

Qu'un monument s'élève aux lieux de ta naissance,
O toi, qui des vainqueurs renversas les projets!
La France y portera son deuil et ses regrets,
        Sa tardive reconnaissance.
Elle y viendra gémir sous de jeunes cyprès,
Puissent croître avec eux ta gloire et ta puissance!
Que sur l'airain funèbre on grave des combats,
Des étendards anglais fuyant devant tes pas,
Dieu vengeant par tes mains la plus juste des causes,
Venez, jeunes beautés; venez, braves soldats,
Semer sur son tombeau les lauriers et les roses!

Qu'un jour le voyageur, en parcourant les bois,
Cueille un rameau sacré, l'y dépose et s'écrie :
A celle qui sauva le trône et la patrie
Et n'obtint qu'un tombeau pour prix de ses exploits!
                    CASIMIR DELAVIGNE.

19. — La jeune Captive.

— « L'épi naissant mûrit de la faux respecté,
Sans crainte du pressoir le pampre tout l'été
    Boit les doux présents de l'aurore,
Et moi, comme lui belle, et jeune comme lui,
Quoi que l'heure présente ait de trouble et d'ennui,
    Je ne veux pas mourir encore!

« Qu'un stoïque aux yeux secs vole embrasser la mort;
Moi, je pleure et j'espère ; au noir souffle du Nord
    Je plie et relève la tête.
S'il est des jours amers, il en est de si doux!
Hélas! quel miel jamais n'a laissé de dégoûts?
    Quelle mer n'a point de tempête?

« L'illusion féconde habite dans mon sein :
D'une prison sur moi les murs pèsent en vain,
    J'ai les ailes de l'espérance;
Echappée aux réseaux de l'oiseleur cruel,
Plus vive, plus heureuse aux campagnes du ciel,
    Philomèle chante et s'élance.

« Est-ce à moi de mourir? Tranquille je m'endors
Et tranquille je veille; et ma veille aux remords
    Ni mon sommeil ne sont en proie.
Ma bienvenue au jour me rit dans tous les yeux;
Sur des fronts abattus mon aspect dans ces lieux
    Fait renaître presque la joie.

« Mon beau voyage encore est si loin de sa fin!
Je pars, et des ormeaux qui bordent le chemin
    J'ai passé le premier à peine.
Au banquet de la vie à peine commencé,
Un instant seulement mes lèvres ont pressé
    La coupe, en mes mains encor pleine.

« Je ne suis qu'au printemps, je veux voir la moisson,
Et comme le soleil, de saison en saison
    Je veux achever mon année.

Brillante sur ma tige et l'honneur du jardin,
Je n'ai vu luire encor que les feux du matin :
    Je veux achever ma journée. »

Ainsi, triste et captif, ma lyre toutefois
S'éveillait, écoutant ces plaintes, cette voix,
    Ces vœux d'une jeune captive,
Et secouant le joug de mes jours languissants,
Aux douces lois des vers je pliais les accents
    De sa bouche aimable et naïve.

ANDRÉ CHÉNIER.

20. — La Rissole, Merlin.

(Critique de quelques irrégularités de la langue française.)

LA RISSOLE, *ivre*.

    Bonjour, mon camarade.
J'entre sans dire gare, et cherche à m'informer
Où demeure un monsieur que je ne puis nommer.
Est-ce ici ?

MERLIN.

Quel homme est-ce ?

LA RISSOLE.

    Un bon vivant, allègre ;
Qui n'est grand ni petit, noir ni blanc, gras ni maigre.
J'ai su de son libraire, où souvent je le vois,
Qu'il fait jeter en moule un livre tous les mois.
C'est un vrai juif errant, qui jamais ne repose.

MERLIN.

Dites-moi, s'il vous plait, voulez-vous quelque chose ?
L'homme que vous cherchez est mon maître.

LA RISSOLE.

    Est-il là ?

MERLIN.

Non.

LA RISSOLE.
Tant pis. Je voulais lui parler.
MERLIN.

Me voilà :
L'un vaut l'autre. Je tiens un registre fidèle,
Où chaque heure du jour j'écris quelque nouvelle :
Fable, histoire, aventure, enfin quoi que ce soit,
Par ordre alphabétique est mis en son endroit.
Parlez.

LA RISSOLE.
Je voudrais bien être dans le *Mercure ;*
J'y ferai, que je crois, une bonne figure.
Tout à l'heure, en buvant, j'ai fait réflexion
Que je fis autrefois une belle action :
Si le roi le savait, j'en aurais de quoi vivre.
La guerre est un métier que je suis las de suivre.
Mon capitaine, instruit du courage que j'ai,
Ne saurait se résoudre à me donner congé :
J'en enrage.

MERLIN.
Il fait bien : donnez-vous patience.
LA RISSOLE.
Mordié ! je ne saurais avoir ma subsistance.
MERLIN.
Il est vrai. Le pauvre homme il fait compassion.
LA RISSOLE.
Or donc, pour revenir à ma belle action,
Vous saurez que toujours je fus homme de guerre,
Et brave sur la mer ainsi que sur la terre.
J'étais sur un vaisseau quand Ruyter fut tué,
Et j'ai même à sa mort le plus contribué :
Je fus chercher le feu que l'on mit à l'amorce
Du canon qui lui fit rendre l'âme par force.
Lui, mort, les Hollandais souffrirent bien des mals
On fit couler à fond les deux vice-amirals.

2.

MERLIN.

Il faut dire *des maux, vice-amiraux*; c'est l'ordre.

LA RISSOLE.

Les vice-amiraux donc ne pouvant plus nous mordre,
Nos coups aux ennemis furent des coups fataux;
Nous gagnâmes sur eux quatre combats navaux.

MERLIN.

Il faut dire *fatals* et *navals*; c'est la règle.

LA RISSOLE.

Les Hollandais, réduits à du biscuit de seigle,
Ayant connu qu'en nombre ils étaient inégals,
Firent prendre la fuite aux vaisseaux principals.

MERLIN.

Il faut dire *inégaux, principaux*; c'est le terme.

LA RISSOLE.

Enfin, après cela, nous fûmes à Palerme.
Les bourgeois, à l'envi, nous firent des régaux;
Les huit jours qu'on y fut furent huit carnavaux.

MERLIN.

Il faut dire *régals* et *carnavals*.

LA RISSOLE.

Oh! dame!
M'interrompre à tout coup, c'est me chiffonner l'âme!
Franchement.

MERLIN.

Parlez bien. On ne dit point navaux,
Ni fataux, ni régaux; non plus que carnavaux.
Vouloir parler ainsi, c'est faire une sottise.

LA RISSOLE.

Eh! mordié, comment donc voulez-vous que je dise?
Si vous me reprenez lorsque je dis des mals,
Inégals, principals, et des vice-amirals;
Lorsqu'un moment après, pour mieux me faire entendre
Je dis fataux, navaux, devez-vous me reprendre?

J'enrage de bon cœur quand je trouve un trigaud
Qui souffle tout ensemble et le froid et le chaud.

MERLIN.

J'ai la raison pour moi qui me fait vous reprendre !
Et je vais clairement vous le faire comprendre.
Al est un singulier, dont le pluriel fait *aux* ;
On dit : C'est mon *égal*, et ce sont mes *égaux*.
Par conséquent on voit, par cette règle seule...

LA RISSOLE.

J'ai des démangeaisons de te casser la gueule.

MERLIN.

Vous ?

LA RISSOLE.

Oui, palsandié ! Mais je n'aime point du tout
Qu'on me berce d'un conte à dormir tout debout :
Lorsqu'on veut me railler, je donne sur la face.

MERLIN.

Et tu crois au *Mercure* occuper une place?
Toi ! tu n'y seras point, je t'en donne ma foi.

LA RISSOLE.

Mordié ! je me bats l'œil du *Mercure* et de toi.
Pour vous faire dépit, tant à toi qu'à ton maître,
Je déclare à tous deux que je n'y veux pas être.
Plus de mille soldats en auraient acheté,
Pour voir auquel endroit la Rissole eût été ;
C'était argent comptant, j'en avais leur parole.
Adieu, pays. C'est moi qu'on nomme la Rissole :
Ces bras te deviendront ou fatals ou fataux.

MERLIN.

Adieu, guerrier fameux par des combats navaux.

BOUSSAULT, le Mercure galant, acte IV.

21. — Épître à mon habit.

Ah! mon habit, que je vous remercie!
Que je valus hier, grâce à votre valeur!
  Je me connais, et plus je m'apprécie,
    Plus j'entrevois qu'il faut que mon tailleur,
      Par une secrète magie,
Ait caché dans vos plis un talisman vainqueur
Capable de gagner et l'esprit et le cœur.
Dans ce cercle nombreux de bonne compagnie
Quels honneurs je reçus! Quels égards! Quel accueil!
Auprès de la maîtresse, et dans un grand fauteuil,
Je ne vis que des yeux toujours prêts à sourire;
J'eus le droit d'y parler, et parler sans rien dire.
      Cette femme à grands falbalas
    Me consulta sur l'air de son visage,
        Un robin sur des opéras,
        Un blondin sur un mot d'usage.
Ce que je décidai fut le *nec plus ultra*,
On applaudit à tout : j'avais tant de génie!
    Ah! mon habit, que je vous remercie!
        C'est vous qui me valez cela.

        Mais ma surprise fut extrême ;
        Je m'aperçus que sur moi-même
        Le charme sans doute opérait.
        J'entrais jadis d'un air discret;
Ensuite suspendu sur le bord de ma chaise,
J'écoutais en silence, et ne me permettais
        Le moindre *si*, le moindre *mais*.
Avec moi tout le monde était fort à son aise,
        Et moi, je ne l'étais jamais.
        Un rien aurait pu me confondre;
        Un regard, tout m'était fatal.
        Je ne parlais que pour répondre ;
        Je parlais bas, je parlais mal.

Un sot provincial, arrivé par le coche,
Eût été moins que moi tourmenté dans sa peau.
Je me mouchais presque au bord de ma poche ;
J'éternuais dans mon chapeau.
On pouvait me priver, sans aucune indécence,
De ce salut que l'usage introduit ;
Il n'en coûtait de révérence
Qu'à quelqu'un trompé par le bruit.
Mais à présent, mon cher habit,
Tout est de mon ressort, les airs, la suffisance ;
Et ces tons décidés qu'on prend pour de l'aisance,
Deviennent mes tons favoris.
Est-ce ma faute à moi, puisqu'ils sont applaudis ?
Dieu, quel bonheur pour moi, pour cette étoffe,
De ne point habiter le pays limitrophe
Des conquêtes de notre roi !
Dans la Hollande, il est une autre loi.
En vain j'étalerais ce galon qu'on renomme :
Ici, l'habit fait valoir l'homme ;
Là, l'homme fait valoir l'habit.
Mais chez nous, peuple aimable, où les grâces, l'esprit,
Brillent à présent dans leur force,
L'arbre n'est point jugé sur ses fleurs ou son fruit ;
On le juge sur son écorce.

Sedaine.

22. — Une Promenade de Fénelon.

Parler de Fénelon, c'est un titre pour plaire,
Trop heureux si mes vers emportent ce salaire,
Si de ce nom chéri le puissant intérêt
Me fait obtenir grâce et vaincre mon sujet.

Le sujet, je l'avoue, est un rien, peu de chose,
Un fait que j'aurais peine à bien conter en prose,
Tant l'histoire en est simple ; et je l'essaye en vers.
Hélas ! par ce récit, un ami des plus chers
Me fit, il m'en souvient, verser de douces larmes ;

Aura-t-il dans ma bouche aujourd'hui mêmes charmes?
Il n'y faut pas compter; mais encore une fois,
Sur tous les tendres cœurs Fénelon a des droits.

Victime de l'intrigue et de la calomnie,
Et par un noble exil expiant son génie,
Fénelon, dans Cambrai, regrettant peu la cour,
Répandait les bienfaits et recueillait l'amour,
Instruisait, consolait, donnait à tous l'exemple.
Son peuple pour l'entendre accourait dans le temple,
Il parlait, et les cœurs s'entr'ouvraient à sa voix.
Quand du saint ministère ayant porté le poids,
Il cherchait vers le soir, le repos, la retraite,
Alors aux champs aimés du sage et du poète,
Solitaire et rêveur il allait s'égarer.
De quel charme à leur vue il se sent pénétrer !
Il médite, il compose, et son âme l'inspire;
Jamais un vain orgueil ne le presse d'écrire;
Sa gloire est d'être utile: heureux quand il a pu
Montrer la vérité, faire aimer la vertu !

Ses regards, animés d'une flamme céleste,
Relèvent de ses traits la majesté modeste;
Sa taille est haute et noble; un bâton à la main,
Seul, sans faste et sans crainte, il poursuit son chemin,
Contemple la nature et jouit de Dieu même.
Il visite souvent le villageois qu'il aime;
Et chez ces bonnes gens, de le voir tout joyeux,
Vient sans être attendu, s'assied au milieu d'eux,
Écoute le récit des peines qu'il soulage,
Joue avec les enfants et goûte le laitage.
Un jour, loin de la ville, ayant longtemps erré,
Il arrive aux confins d'un hameau retiré;
Et, sous un toit de chaume, indigente demeure,
La pitié le conduit: une famille y pleure;
Il entre, et sur le champ, faisant place au respect,
La douleur, un moment, se tait à son aspect:

Oh! ciel, c'est monseigneur! On se lève, on s'empresse;
Il voit avec plaisir éclater leur tendresse.
Qu'avez-vous, mes enfants? D'où naît votre chagrin?
Ne puis-je le calmer? Versez-le dans mon sein;
Je n'abuserai point de votre confiance.
On s'enhardit alors, et la mère commence:

«Pardonnez, monseigneur, mais vous n'y pouvez rien;
Ce que nous regrettons, c'était tout notre bien;
Nous n'avions qu'une vache!... Hélas! elle est perdue;
Depuis trois jours entiers nous ne l'avons point vue!
Notre pauvre Brunon!... nous l'attendons en vain!
Les loups l'auront mangée, et nous mourrons de faim.
Peut-il être un malheur au nôtre comparable?
— Ce malheur, mes amis, est-il irréparable?
Dit le prélat; et moi, ne puis-je vous offrir,
Touché de vos regrets, de quoi les adoucir?
En place de Brunon si j'en trouvais une autre?
— L'aimerions nous autant que nous aimions la nôtre?
Pour oublier Brunon, il faudrait bien du temps;
Eh! comment l'oublier? ni nous, ni nos enfants,
Nous ne serons ingrats!... c'était notre nourrice!
Nous l'avions achetée étant encor génisse!
Accoutumée à nous, elle nous entendait;
Et même à sa manière elle nous répondait;
Son poil était si beau, d'une couleur si noire!
Trois marques seulement plus blanches que l'ivoire,
Ornaient son large front et ses pieds de devant.
Avec mon petit Claude elle jouait souvent;
Il montait sur son dos, elle le laissait faire.
Je riais; à présent nous pleurons, au contraire.
Non, monseigneur, jamais, il n'y faut plus penser,
Une autre ne pourra chez nous la remplacer. »
Fénelon écoutait cette plainte naïve;
Mais pendant l'entretien, soudain le soir arrive.
Quand on est occupé de sujets importants,
On ne s'aperçoit pas de la fuite du temps:

Il promet, en partant, de revoir la famille.
« Ah ! monseigneur, lui dit la plus petite fille,
Si vous vouliez pour nous la demander à Dieu,
Nous la retrouverions. — Ne pleurez pas, adieu. »
Il reprend son chemin, il reprend ses pensées,
Achève en son esprit des pages commencées.
Il marche ; mais déjà l'ombre croît, le jour fuit ;
Ce reste de clarté qui devance la nuit
Guide encore ses pas à travers les prairies,
Et le calme du soir nourrit ses rêveries.
Tout à coup à ses yeux un objet s'est montré :
Il regarde..., il croit voir..., il distingue en un pré,
Seule, errante et sans guide, une vache ; c'est elle
Dont on lui fit tantôt un portrait si fidèle ;
Il ne peut s'y tromper ! Et soudain empressé,
Il court dans l'herbe humide, il franchit un fossé,
Arrive haletant : et Brunon complaisante,
Loin de s'enfuir, vers lui s'avance et se présente.
Lui-même satisfait la flatte de la main.
Mais que faire ? Va-t-il poursuivre son chemin ?
Retourner sur ses pas, où regagner la ville ?
Déjà pour revenir il a fait plus d'un mille.
Ils l'auront dès ce soir, dit-il, et par mes soins,
Elle leur coûtera quelques larmes de moins.
Il saisit à ces mots la corde qu'elle traîne ;
Et, marchant lentement, derrière lui l'emmène.
Venez, mortels si fiers d'un vain, d'un faux éclat,
Voyez en ce moment ce digne et saint prélat,
Que son nom, son génie et son titre décore,
Mais que tant de bonté relève plus encore :
Ce qui fait votre orgueil vaut-il un trait si beau ?

Le voilà fatigué, de retour au hameau ;
Hélas ! à la clarté d'une faible lumière,
On veille, on pleure encor dans la triste chaumière ;
Il arrive à la porte : « Ouvrez-moi, mes enfants,
Ouvrez-moi, c'est Brunon, Brunon que je vous rends.

On accourt; ô surprise! ô joie! ô doux spectacle!
La fille croit que Dieu fait pour eux ce miracle.
— « Ce n'est point monseigneur, c'est un ange des cieux,
Qui, sous ses traits chéris se présente à nos yeux!
Pour nous faire plaisir il a pris sa figure,
Aussi n'ai-je pas peur, oh! non, je vous assure;
Bon ange!... » En ce moment, de leurs larmes noyés,
Père, mère, enfants, tous sont tombés à ses piés.
— « Levez-vous, mes amis; mais quelle erreur étrange!
Je suis votre archevêque, et ne suis point un ange;
J'ai retrouvé Brunon, et pour vous consoler,
Je revenais vers vous; que n'ai-je pu voler!
Reprenez-la, je suis heureux de vous la rendre,
— Quoi! tant de peine! ô ciel! vous avez pu la prendre,
Et vous-même! » Il reçoit leurs respects, leur amour;
Mais il faut bien aussi que Brunon ait son tour.
On lui parle : « C'est donc ainsi que tu nous laisses!
Mais te voilà! » Je donne à penser les caresses!
Brunon paraît sensible à l'accueil qu'on lui fait.
Tel au retour d'Ulysse, Argus le reconnaît.
— « Il faut, dit Fénelon, que je reparte encore,
A peine dans Cambrai serai-je avant l'aurore;
Je crains d'inquiéter mes amis, ma maison.
— Oui, dit le villageois, oui, vous avez raison;
On pleurerait ailleurs quand vous séchez nos larmes!
Vous êtes tant aimé! prévenez leurs alarmes!
Mais comment retourner? car vous êtes bien las!
Monseigneur, permettez..., nous vous offrons nos bras;
Oui, sans vous fatiguer, vous ferez le voyage. »
D'un peuplier voisin on abat le branchage.
Mais le bruit au hameau s'est déjà répandu;
Monseigneur est ici! Chacun est accouru,
Chacun veut le servir : de bois et de ramée
Une civière agreste est aussitôt formée,
Qu'on tapisse partout de fleurs, d'herbages frais.
Des branches au-dessus s'arrondissent en dais.
Le bon prélat s'y place, et mille cris de joie

Volent au loin, l'écho les double et les renvoie.
Il part;. tout le hameau l'environne et le suit!
La clarté des flambeaux brille à travers la nuit;
Le cortège bruyant, qu'égaye un chant rustique,
Marche... Honneurs inconnus, et gloire pacifique!
Ainsi par leur amour Fénelon escorté
Jusque dans son palais en triomphe est porté.

ANDRIEUX.

23. — Moïse sur le Nil.

« Mes sœurs, l'onde est plus fraîche aux premiers feux du jour!
Venez: le moissonneur repose en son séjour;
    La rive est solitaire encore;
Memphis élève à peine un murmure confus;
Et nos chastes plaisirs, sous ces bosquets touffus,
    N'ont d'autre témoin que l'aurore.

« Au palais de mon père on voit briller les arts:
Mais ces bords pleins de fleurs charment plus mes regards
    Qu'un bassin d'or ou de porphyre;
Ces chants aériens sont mes concerts chéris;
Je préfère aux parfums qu'on brûle en nos lambris
    Le souffle embaumé du zéphyre!

« Venez! l'onde est si calme et le ciel est si pur!
Laissez sur ces buissons flotter les plis d'azur
    De vos ceintures transparentes;
Détachez ma couronne et ces voiles jaloux,
Car je veux aujourd'hui folâtrer avec vous,
    Au sein des vagues murmurantes.

« Hâtons-nous... Mais parmi les brouillards du matin,
Que vois-je? — Regardez à l'horizon lointain...
    Ne craignez rien, filles timides!
C'est, sans doute, par l'onde entraîné vers les mers,
Le tronc d'un vieux palmier qui, du fond des déserts,
    Vient visiter les Pyramides.

« Que dis-je! si j'en crois mes regards indécis,
C'est la barque d'Hermès ou la conque d'Isis,
          Que pousse une brise légère.
Mais non; c'est un esquif où, dans un doux repos,
J'aperçois un enfant qui dort au sein des flots,
          Comme on dort au sein de sa mère!

« Il sommeille; et, de loin, à voir son lit flottant,
On croirait voir voguer sur le fleuve inconstant
          Le nid d'une blanche colombe.
Dans sa couche enfantine il erre au gré du vent;
L'eau le balance, il dort, et le gouffre mouvant
          Semble le bercer dans sa tombe!

« Il s'éveille; accourez, ô vierges de Memphis!
Il crie... Ah! quelle mère a pu livrer son fils
          Au caprice des flots mobiles ?
Il tend les bras; les eaux grondent de toute part.
Hélas! contre la mort il n'a d'autre rempart
          Qu'un berceau de roseaux fragiles.

« Sauvons-le... — C'est peut-être un enfant d'Israël.
Mon père les proscrit: mon père est bien cruel
          De proscrire ainsi l'innocence !
Faible enfant! ses malheurs ont ému mon amour;
Je veux être sa mère : il me devra le jour,
          S'il ne me doit pas la naissance. »

Ainsi parlait Iphis, l'espoir d'un roi puissant,
Alors qu'aux bords du Nil son cortège innocent
          Suivait sa course vagabonde ;
Et ces jeunes beautés, qu'elle effaçait encor,
Quand la fille des rois quittait ses voiles d'or,
          Croyaient voir la fille de l'onde.

Sous ses pieds délicats déjà le flot frémit.
Tremblante, la pitié, vers l'enfant qui gémit,
          La guide en sa marche craintive;
Elle a saisi l'esquif! fière de ce doux poids,

L'orgueil sur son beau front, pour la première fois,
    Se mêle à la pudeur naïve !

Bientôt, divisant l'onde et brisant les roséaux,
Elle apporte à pas lents l'enfant sauvé des eaux
    Sur le bord de l'arène humide;
Et ses sœurs tour à tour, au front du nouveau-né,
Offrant leur doux sourire à son œil étonné,
    Déposaient un baiser timide !

Accours, toi qui de loin, dans un doute cruel,
Suivais des yeux ton fils sur qui veillait le ciel;
    Viens ici comme une étrangère;
Ne crains rien: en pressant Moïse entre tes bras,
Tes pleurs et tes transports ne te trahiront pas,
    Car Iphis n'est pas encor mère!

Alors, tandis qu'heureuse et d'un pas triomphant,
La vierge, au roi farouche, amenait l'humble enfant,
    Baigné des larmes maternelles,
On entendait en chœur, dans les cieux étoilés,
Des anges, devant Dieu, de leurs ailes voilés,
    Chanter les lyres éternelles.

« Ne gémis plus, Jacob, sur la terre d'exil;
Ne mêle plus tes pleurs aux flots impurs du Nil :
    Le Jourdain va t'ouvrir ses rives.
Le jour enfin approche où vers les champs promis
Gessen verra s'enfuir, malgré leurs ennemis,
    Les tribus si longtemps captives.

« Sous les traits d'un enfant délaissé sur les flots,
C'est l'élu du Sina, c'est le roi des fléaux,
    Qu'une vierge sauve de l'onde.
Mortels, vous dont l'orgueil méconnaît l'Eternel,
Fléchissez : un berceau va sauver Israël,
    Un berceau doit sauver le monde! »

VICTOR HUGO.

DEUXIÈME PARTIE

FABLES

1. — Le Léopard et l'Écureuil.
(4ᵉ année, page 307) [1].

Un écureuil sautant, gambadant sur un chêne,
Manqua sa branche, et vint, par un triste hasard,
    Tomber sur un vieux léopard
    Qui faisait sa méridienne.
Vous jugez s'il eut peur ! En sursaut s'éveillant,
    L'animal irrité se dresse ;
    Et l'écureuil, s'agenouillant,
Tremble, et se fait petit aux pieds de son altesse.
    Après l'avoir considéré,
Le léopard lui dit : Je te donne la vie,
Mais à condition que de toi je saurai
Pourquoi cette gaieté, ce bonheur que j'envie,
Embellissent tes jours, ne te quittent jamais,
    Tandis que moi, roi des forêts,
    Je suis si triste et je m'ennuie.
    — Sire, lui répond l'écureuil,
    Je dois à votre bon accueil
    La vérité ; mais, pour la dire,
Sur cet arbre un peu haut je voudrais être assis.

---

(1) Ces chiffres renvoient à l'année et à la page du journal l'*École et la Famille* où ces fables sont expliquées.

—Soit, j'y consens : monte. — J'y suis.
A présent je peux vous instruire.
Mon grand secret pour être heureux,
C'est de vivre dans l'innocence :
L'ignorance du mal fait toute ma science ;
Mon cœur est toujours pur, cela rend bien joyeux.
Vous ne connaissez pas la volupté suprême
De dormir sans remords ; vous mangez les chevreuils,
Tandis que je partage à tous les écureuils
Mes feuilles et mes fruits ; vous haïssez et j'aime :
Tout est dans ces deux mots. Soyez bien convaincu
De cette vérité que je tiens de mon père :
Lorsque notre bonheur nous vient de la vertu,
La gaieté vient bientôt de notre caractère.

FLORIAN.

2. — L'Ane et son Maître.

Un baudet — le monde, dit-on,
En renferme plus qu'on ne pense—
S'avisa, certain jour, en broutant son chardon,
De réfléchir sur sa triste existence.
« Eh quoi ! dit-il, toujours souffrir !
A mes vœux les plus chers voir mettre quelque entrave
Morbleu ! je prétends en finir :
Maître, c'en est fait ; je te brave,
Je veux être libre et jouir
En seigneur et non en esclave.
Arrière mon tyran ! Moi, l'écouter ! Oh non !
Je ne suis pas un âne qu'on méprise.
Qu'il vienne et je lui fais payer cher la sottise
D'oser encor sur moi lever son lourd bâton. »
Sur ce, le maître arrive... Aussitôt le grison,
Qui n'éprouva jamais une frayeur pareille,
Tremble en baissant sa longue oreille,
Et comme un timide mouton,
Le maître l'emmène et l'attache.
Tel menace de loin qui de près est un lâche.

F. BONNANS.

3. — Le Rossignol et le Sansonnet.

(4ᵉ année, page 379.)

Le rossignol chantait sur la branche fleurie.
« —Seigneur, lui dit le sansonnet,
Ne vous souvient-il pas des crimes dont la pie
Chargeait votre innocente vie?
Pourtant on ne distingue, en votre beau couplet,
Nul accent de mélancolie. »
L'autre répond: « — Margot a beau crier,
M'insulter, me calomnier,
Je méprise les traits de sa langue ennemie:
L'art de vivre est l'art d'oublier. »

ABEL FABRE.

4. — La Chasse aux Papillons.

Dans un massif où l'églantier
Unissait sa fleur printanière
A la grappe souple et légère
Qui pend du front de l'ébénier,
De jolis papillons agiles
Etalaient leurs riches couleurs,
Comme un essaim de fleurs mobiles,
Voltigeant sur les autres fleurs.
Deux jeunes enfants, dont la mine
Joyeuse, vive et purpurine,
Par son éclat, par sa fraîcheur,
Le disputaient à l'églantine,
Deux jeunes enfants, frère et sœur,
Poursuivaient la troupe lutine.
L'un, plus étourdi, moins constant
Que le bel insecte volage,
Voyait un papillon, le suivait un instant,
Puis un autre bientôt lui plaisait davantage.
Alors, abandonnant l'objet d'un premier choix,
Il volait sur une autre trace ;

Au rouge, au jaune, au vert, au bleu donnant la chasse,
On eût dit qu'il courait après tous à la fois.
    Mais dans cette folle espérance,
Le pauvre enfant en vain s'agitait, s'essoufflait ;
    Et tous, grâce à son inconstance,
Echappaient tour à tour au perfide filet.
    Sa sœur, plus calme et plus habile,
    S'y prenait bien différemment :
Sans épuiser sa force en fatigue inutile,
Sans faire tant de bruit et tant de mouvement,
Quand elle avait choisi l'objet de sa poursuite,
Ses yeux de fleur en fleur le suivaient constamment ;
Par l'éclat d'aucun autre elle n'était séduite ;
    Elle attendait patiemment,
    Elle avançait tout doucement,
    Elle saisissait le moment,
    Et l'insecte ne manquait guères
    De venir retrouver ses frères,
    Prisonniers de l'adroite enfant.
    Las, haletant et tout en nage,
    Notre étourdi petit chasseur,
Ayant perdu son temps, perdit enfin courage,
    Et revint auprès de sa sœur.
    « Comment donc fais-tu pour les prendre ?
Lui dit-il, : je n'ai pas tant de bonheur que toi ;
    J'ai beau guetter, poursuivre, attendre,
    Ils ont vraiment l'air de s'entendre
Pour me faire courir et se moquer de moi. »
    Elle, avec un malin sourire,
    Lui répondit : « Pauvre garçon !
    C'est apparemment ton guignon ;
    Je ne sais, hélas ! que te dire... »
    Alors du fond de la prison
    On entendit sortir le son
D'une petite voix, douce, fraîche, argentine ;
    C'était celle d'un papillon.
« Laisse-moi m'envoler là-haut sur l'églantine,

Dit-il, et je promets, mes beaux jeunes amis,
     De vous donner un bon avis. »
     Papillon qui prend la parole
     Pour demander la liberté
Peut bien être un sujet de curiosité.
On entr'ouvre la boîte ; il s'élance, il s'envole,
     Et le voilà sur les rameaux,
     Caressant quelques fleurs nouvelles,
     Secouant un moment ses ailes,
     Et puis s'exprimant en ces mots :
     « Enfants légers, follette engeance,
     Retenez bien cette leçon :
     Force ne peut tant que constance ;
     Ni ruse tant que patience ;
     On ne parvient à rien de bon,
     Pas même à prendre un papillon,
     Sans un peu de persévérance. »

DE JUSSIEU.

5. — L'Hirondelle et le Moineau.

(4ᵐᵉ année, page 391.)

Rends le bien pour le mal ; pour n'être pas nouveau
     Ce dicton n'en est pas moins sage.
     Une hirondelle de passage
Frappa, la nuit tombant, au logis d'un moineau.
« Va-t-en, dit ce bourru, vilaine au noir plumage. »
La pauvrette partit, sous un ciel peu serein :
     Peut-être elle eut froid en chemin.
Mais l'automne d'après, étant dans une ville,
     Comme hirondelle à domicile,
Par un soir pluvieux, voici qu'un étranger
Vient lui chanter misère. A la voix, à la mine
Elle a tôt reconnu celui que l'on devine.
Tant mieux! dira quelqu'un, elle va s'en venger.
Point du tout : la vengeance est faite pour les hommes ;
     Et, sans trop se faire prier,

3.

L'hôtesse fit accueil à l'inhospitalier:
« Vous avez froid, dit-elle, il faut vous essuyer.
Voici du menu foin que mes soins économes
    Ont, brin à brin, tissé ! c'est mon métier.
    Vous avez faim : j'ai quelque peu de mie,
    Des grains, des vers ; usez de ce repas :
    S'il plaît à Dieu, nous ne manquerons pas. »
Les voilà deux au nid, ami devant amie,
Confiant désormais, jasant à qui mieux mieux,
    L'un repentant, l'autre le cœur joyeux.
      Tandis qu'à l'abri de la grêle
      Chacun des convives s'ébat.
    Un martinet passe, plane et s'abat,
    Comptant piller chez l'hirondelle.
Seule, elle eut succombé sous la griffe cruelle,
Mais un bec de renfort, en cette occasion,
Lui paya le loyer d'une bonne action.

A. BOUVARD.

6. — La Pomme de reinette et le Ver.

    Une pomme des plus coquettes
    Etalait sa vive couleur
    Sur un beau pommier de reinettes.
  On aurait dit une charmante fleur,
    Tant elle était fraîche et jolie.
« Voyez mon teint, ma peau veloutée et polie.
Que de beautés le Ciel se plut à me donner
    Dès les premiers jours de l'enfance !
Les arbres, mes voisins, paraissent s'incliner
    Pour rendre hommage à ma présence ;
    J'attire les regards de tous,
Même je me souviens qu'étant à peine éclose,
Un jeune papillon me prit pour une rose.
Est-ce ma faute à moi si je fais des jaloux,
    Et puis-je empêcher qu'on ne glose ? »
Ainsi parlait la pomme à la peau de satin.

Qu'elle était fière ! Hélas ! le lendemain
Ce n'était plus même langage.
Notre coquette, moins volage,
Se sent mordre et ronger le sein
Par un ver qu'un soleil de printemps fit éclore
Dans un calice ouvert par les pleurs de l'aurore,
Et la pauvrette voit qu'elle touche à sa fin
Quand elle est belle et jeune encore.

Sous l'apparence du bonheur
Souvent se cache une douleur
Dont le cri ne peut pas s'éteindre.
On a beau faire, se contraindre,
Prendre les plus charmants dehors,
Pour déguiser le mal qui fait notre supplice ;
On n'étouffe pas le remords,
Ce ver rongeur, enfant du vice.

F. BONNANS.

7. — Le Loup devenu Berger.
(4ᵉ année, page 403.)

Un loup qui commençait d'avoir petite part
Aux brebis de son voisinage.
Crut qu'il fallait s'aider de la peau du renard,
Et faire un nouveau personnage,
Il s'habille en berger, endosse un hoqueton,
Fait sa houlette d'un bâton,
Sans oublier la cornemuse.
Pour pousser jusqu'au bout la ruse,
Il aurait volontiers écrit sur son chapeau :
C'est moi qui suis Guillot, berger de ce troupeau.
Sa personne étant ainsi faite,
Et ses pieds de devant posés sur sa houlette,
Guillot le sycophante approche doucement.
Guillot, le vrai Guillot, étendu sur l'herbette,
Dormait alors profondément ;
Son chien dormait aussi, comme aussi sa musette

La plupart des brebis dormaient pareillement.
    L'hypocrite les laissa faire ;
Et, pour pouvoir mener vers son fort les brebis,
Il voulut ajouter la parole aux habits,
    Chose qu'il croyait nécessaire.
    Mais cela gâta son affaire :
Il ne put du pasteur contrefaire la voix.
Le ton dont il parla fit retentir les bois,
    Et découvrit tout le mystère.
    Chacun se réveille à ce son :
    Les brebis, le chien, le garçon.
    Le pauvre loup, dans cette esclandre,
    Empêché par son hoqueton,
    Ne put ni fuir, ni se défendre.

Toujours par quelque endroit fourbes se laissent prendre.

LA FONTAINE.

8. — Les Rêves du Lapin.

    Couché dans l'herbe après un bon repas,
L'œil à demi fermé, Jeannot Lapin se livre
    Au plaisir de se sentir vivre.
L'imagination chez lui prend ses ébats ;
On dirait un auteur qui va lancer un livre.
        L'imprudent Jeannot ne voit pas
        Que Briffaut est à trente pas
En quête d'un Jeannot pour sa propre cuisine.
« Oui, pensait le rêveur, c'est là que je vivrai !
Lapereaux, mes cousins, Jeannotte ma cousine,
Vous y viendrez aussi ; je vous établirai
        Sur cette colline si verte ;
Nous y jouirons tous du bonheur le plus vrai :
        Je creuserai, j'arrondirai,
Je... » Mais sur lui Briffaut tombe, la gueule ouverte.
Jeannot n'a que le temps de se voir engouffrer.

Que de rêves ainsi la Mort, qui toujours guette,
        Se plaît à dévorer !

Veille, ô mon âme, et tiens-toi prête,
Car des mortels chacun aura son tour,
Et nul ne sait ni l'heure ni le jour.

J.-M. VILLEFRANCHE.

9. — La Chenille.

(1e année, page 417.)

Un jour, causant entre eux, différents animaux
    Louaient beaucoup le ver à soie :
Quel talent, disaient-ils, cet insecte déploie
En composant ces fils si doux, si fins, si beaux,
    Qui de l'homme font la richesse!
Tous vantaient son travail, exaltaient son adresse.
Une chenille seule y trouvait des défauts,
Aux animaux surpris en faisait la critique;
    Disait des mais et puis des si.
Un renard s'écria : Messieurs, cela s'explique;
    C'est que madame file aussi.

FLORIAN.

10. — Fanfan et Colas.

Fanfan, gras et vermeil, et marchant sans lisière,
    Voyait son troisième printemps.
D'un si beau nourrisson Perrette toute fière,
S'en allait à Paris le rendre à ses parents.
    Perrette avait sur sa bourrique,
    Dans deux paniers mis Colas et Fanfan;
De la riche Chloé celui-ci fils unique,
Allait changer d'état, de nom, d'habillement,
    Et peut-être de caractère.
    Colas, lui, n'était que Colas,
Fils de Perrette et de son mari Pierre.
Il aimait tant Fanfan qu'il ne le quittait pas;
    Fanfan le chérissait de même.
Ils arrivent. Chloé prend son fils dans ses bras.
    Son étonnement est extrême,

Tant il lui paraît fort, bien nourri, gros et gras !
Perrette de ses soins est largement payée.
     Voilà Perrette renvoyée ;
   Voilà Colas que Fanfan voit partir.
  Trio de pleurs : Fanfan se désespère ;
    Il aimait Colas comme un frère :
Sans Perrette et sans lui que va-t-il devenir ?
Il fallut se quitter. On dit à la nourrice :
« Quand de votre hameau vous viendrez à Paris,
    N'oubliez pas d'amener votre fils,
Entendez-vous, Perrette ? On lui rendra service.
Perrette, le cœur gros, mais plein d'un doux espoir,
De son Colas déjà croit la fortune faite.
De Fanfan cependant Chloé fait la toilette.
Le voilà décrassé, beau, blanc ; il fallait voir !
    Habit moiré, toque d'or, riche aigrette.
On dit que le fripon, se voyant au miroir,
    Oublia Colas et Perrette.
Je voudrais à Fanfan porter cette galette,
Dit la nourrice un jour ; Pierre, qu'en penses-tu ?
Voilà tantôt six mois que nous ne l'avons vu,
    Pierre y consent, Colas est du voyage.
    Fanfan trouva (l'orgueil est de tout âge)
    Pour son ami, Colas trop mal vêtu ;
    Sans la galette, il l'aurait méconnu.
Perrette accompagna ce gâteau d'un fromage,
De fruits et de raisins, doux trésors de Bacchus.
    Les présents furent bien reçus :
Ce fut tout ; et tandis qu'elle n'est occupée
    Qu'à faire éclater son amour,
    Le marmot lui bat du tambour,
Traîne son chariot, fait danser sa poupée.
Quand il a bien joué, Colas dit : « C'est mon tour. »
    Mais Fanfan n'était plus son frère ;
    Fanfan le trouva téméraire,
Fanfan le repoussa d'un air fier et mutin.
    Perrette alors prend Colas par la main :

« Viens, lui dit-elle avec tristesse ;
Voilà Fanfan devenu grand seigneur ;
Viens, mon fils, tu n'as plus son cœur.
L'amitié disparaît où l'égalité cesse. »

L'abbé AUBERT.

11. — Le Lapin et la Sarcelle.

(4ᵉ année, page 429).

Unis dès leurs jeunes ans
D'une amitié fraternelle,
Un lapin, une sarcelle,
Vivaient heureux et contents.
Le terrier du lapin était sur la lisière
D'un parc bordé d'une rivière.
Soir et matin nos bons amis,
Profitant de ce voisinage,
Tantôt au bord de l'eau, tantôt sous le feuillage,
L'un chez l'autre étaient réunis.
Là, prenant leurs repas, se contant des nouvelles,
Ils n'en trouvaient point de si belles
Que de se répéter qu'ils s'aimeraient toujours.
Ce sujet revenait sans cesse en leurs discours.
Tout était en commun, plaisir, chagrin, souffrance,
Ce qui manquait à l'un, l'autre le regrettait.
Si l'un avait du mal, son ami le sentait ;
Si d'un bien, au contraire, il goûtait l'espérance,
Tous deux en jouissaient d'avance.
Tel était leur destin, lorsqu'un jour, jour affreux !
Le lapin, pour dîner venant chez la sarcelle,
Ne la retrouve plus : inquiet, il l'appelle :
Personne ne répond à ses cris douloureux.
Le lapin, de frayeur l'âme toute saisie,
Va, vient, fait mille tours, cherche dans les roseaux,
S'incline par-dessus les flots,
Et voudrait s'y plonger pour trouver son amie.
Hélas ! s'écriait-t-il, m'entends-tu ? réponds-moi,

Ma sœur, ma compagne chérie;
Ne prolonge pas mon effroi :
Encor quelques moments, c'en est fait de ma vie :
J'aime mieux expirer que de trembler pour toi.
   Disant ces mots, il court, il pleure,
   Et, s'avançant le long de l'eau,
   Arrive enfin près du château
   Où le seigneur du lieu demeure.
   Là, notre désolé lapin
   Se trouve au milieu d'un parterre,
   Et voit une grande volière
Où mille oiseaux divers volaient sur un bassin.
   L'amitié donne du courage.
Notre ami, sans rien craindre, approche du grillage,
Regarde et reconnaît (ô tendresse! ô bonheur!)
La sarcelle : aussitôt il pousse un cri de joie,
Et, sans perdre de temps à consoler sa sœur,
   De ses quatre pieds il s'emploie
   A creuser un secret chemin
Pour joindre son amie ; et, par ce souterrain,
Le lapin tout à coup entre dans la volière,
Comme un mineur qui prend une place de guerre.
Les oiseaux effrayés se pressent en fuyant.
Lui court à la sarcelle, il l'entraîne à l'instant
Dans son obscur sentier, la conduit sous la terre,
Et, la rendant au jour, il est prêt à mourir
   De plaisir.
Quel moment pour tous deux! Que ne sais-je le peindre
   Comme je saurais le sentir!
Nos bons amis croyaient n'avoir plus rien à craindre;
Ils n'étaient pas au bout. Le maître du jardin,
En voyant le dégât commis dans sa volière,
Jure d'exterminer jusqu'au dernier lapin :
Mes fusils! mes furets! criait-il en colère.
   Aussitôt fusils et furets
   Sont tout prêts.
Les gardes et les chiens vont dans les jeunes tailles,

Fouillant les terriers, les broussailles ;
Tout lapin qui paraît trouve un affreux trépas :
Les rivages du Styx sont bordés de leurs mânes :
    Dans le funeste jour de Cannes,
    On mit moins de Romains à bas.
La nuit vient, tant de sang n'a point éteint la rage
Du seigneur, qui remet au lendemain matin
    La fin de l'horrible carnage.
    Pendant ce temps, notre lapin,
Tapi sous des roseaux auprès de la sarcelle,
    Attendait, en tremblant, la mort,
Mais conjurait sa sœur de fuir à l'autre bord,
    Pour ne pas mourir devant elle.
Je ne te quitte point, lui répondit l'oiseau :
Nous séparer serait la mort la plus cruelle.
    Ah! si tu pouvais passer l'eau !
Pourquoi pas? Attends-moi... La sarcelle le quitte,
    Et revient traînant un vieux nid
Laissé par des canards ; elle l'emplit bien vite
De feuilles de roseau, les presse, les unit
Des pieds, du bec, en forme un batelet capable
    De supporter un lourd fardeau ;
    Puis elle attache à ce vaisseau
Un brin de jonc, qui servira de cable.
    Cela fait, et le bâtiment
Mis à l'eau, le lapin entre tout doucement
Dans le léger esquif, s'assied sur son derrière,
Tandis que devant lui la sarcelle nageant
Tire le brin de jonc et s'en va dirigeant
    Cette nef à son cœur si chère.
On aborde, on débarque, et jugez du plaisir !
    Non loin du port on va choisir
Un asile où, coulant des jours dignes d'envie,
    Nos bons amis, libres, heureux,
    Aimèrent d'autant plus la vie,
    Qu'ils se la devaient tous les deux.
FLORIAN

12. — L'Écureuil et ses Amis.

Certain écureuil charitable,
Moins prévoyant que généreux,
Passait ses jours à faire des heureux
Rats et souris s'asseyaient à sa table
Et là, rongeant ses noix, les joyeux commensaux
Vantaient et leur reconnaissance
Et le traiteur et les morceaux.
Mais l'homme un jour vint troubler la bombance ;
Ce tyran qui n'épargne rien
Déracina le pin qui servait de soutien
A l'hospitalière demeure,
L'écureuil, ruiné, courut à ses amis
Et crut tout naturel de transporter sur l'heure
Ses pénates à leur logis.
Hélas ! combien il fut surpris
De trouver partout porte close !
On vous le consola très-fort,
Mais pour l'aider, pas l'ombre d'un effort ;
Il s'agissait bien d'autre chose !
L'un disait : Je vous plains, car vous méritiez mieux ;
Un autre : Puissiez-vous être assisté des cieux !
Un troisième : Ce m'est une peine cruelle
De ne pouvoir vous héberger ;
Mais tout est plein chez moi ; j'ai famille nouvelle !
Elle m'attend, adieu, je lui porte à manger.

Faire le bien pour la reconnaissance,
Temps perdu ! Cherchons-en plus haut la récompense.
J. M. VILLEFRANCHE.

13. — L'Anon.

(4e année, page 439.)

« Oh ! quand je serai grand, que je m'amuserai !
« Quel plaisir d'être libre et d'agir à sa tête !
« J'irai, je viendrai, je courrai ;

« Je veux voir du pays, et je voyagerai ;
        « Tous mes jours seront jours de fête,
« Au lieu de rester là, tristement attaché
« Et réduit à brouter dans cette étroite sphère
            « Ainsi que mon père et ma mère,
            « J'irai fièrement au marché,
« Mes paniers sur mon dos, agitant ma sonnette,
« Chacun m'admirera. — Voyez-vous, dira-t-on,
        « Comme il a l'oreille bien faite !
« Quel jarret ferme et quel air de raison !
« C'est une créature, en vérité, parfaite ;
« Le voilà maintenant âne et non plus ânon...
« Quel bonheur d'être grand ! Tout devient jouissance,
« On est quelqu'un, on peut hausser le ton ;
        « Ce qu'on dit a de l'importance,
« Et l'on n'est plus traité comme un petit garçon. »
        Ainsi, dans sa pauvre cervelle,
        Raisonnait un pauvre grison,
        Tout en broutant l'herbe nouvelle.
        Le jour qu'il désirait à la fin arriva :
        Il devint grand ; mais il trouva
        Qu'il n'avait pas bien fait son compte.
    Lorsqu'il sentit les paniers sur son dos :
« Oh ! oh ! dit-il, voici de lourds fardeaux ;
« Mon allure, avec eux, ne sera pas très-prompte. »
        A peine achevait-il ce mot,
Qu'un coup de fouet le force à partir au grand trot ;
        La chose lui parut fort dure :
Il vit bien qu'il fallait renoncer à l'espoir
De n'agir qu'à son gré du matin jusqu'au soir,
        De se complaire en son allure
Et de dire *je veux* à toute la nature.
« Grands, petits, pensa-t-il, ont chacun leur devoir,
        « J'en ai douté dans mon enfance ;
        « Mais je vois trop que, tout de bon,
        « Le courage et la patience
« Sont utiles à l'âne encor plus qu'à l'ânon. »

Moi, mes amis, je crois en somme
   Que ce baudet avait raison
Et que ce qu'il pensait peut s'appliquer à l'homme

Laurent DE JUSSIEU.

14. — Les Métamorphoses du Singe.

Gille, histrion de foire, un jour, par aventure,
   Trouva sous sa patte un miroir,
Mon singe au même instant de chercher à s'y voir.
« O le museau grotesque ! ô la plate figure !
   S'écria-t-il ; que je suis laid !
Puissant maître des dieux, j'ose implorer tes grâces :
   Laisse-moi le lot des grimaces ;
Je te demande au reste un changement complet. »
Jupin l'entend et dit : « Je consens à la chose.
Regarde, es-tu content de ta métamorphose ? »
Le singe était déjà devenu perroquet.
Sous ce nouvel habit mon drôle s'examine,
Aime assez son plumage et beaucoup son caquet :
Mais il n'a pas tout vu ; « Peste ! la sotte mine
Que me donne Jupin, le long bec que voilà !
J'ai trop mauvaise grâce avec ce bec énorme.
   Donne-moi vite une autre forme. »
   Par bonheur, en ce moment-là
Le seigneur Jupiter était d'humeur à rire :
Il en fait donc un paon, et cette fois le sire,
Promenant sur son corps des yeux émerveillés,
   S'enfle, se pavane et s'admire ;
   Mais, las ! il voit ses vilains pieds ;
   Et mon impertinente bête
A Jupin derechef adresse une requête :
« Ma bonté, dit le dieu, commence à se lasser ;
Cependant, j'ai trop fait pour rester en arrière,
Et vais de chaque état où tu viens de passer
   Te conserver le caractère ;
   Mais aussi plus d'autre prière,

Que je n'entende plus ton babil importun. »
A ces mots, Jupiter lui donne un nouvel être,
Et qu'en fait-il ? un petit-maître.
Depuis ce temps, dit-on, les quatre n'en font qu'un.

LE BAILLY.

15. — L'Abeille et sa Fille.

(4e année, page 454.)

Une abeille, jeune, étourdie,
Pour composer un miel parfait,
Se réglait sur sa fantaisie,
Et croyait chaque fleur utile à cet effet.
« Modérez-vous, disait sa mère :
Pourquoi tant de vivacité ?
Triez vos fleurs. — Non, non, laissez-moi faire,
Vous verrez ma capacité, »
Lui répliquait la jeune abeille.
Notre indocile, au milieu de l'été,
Dit à sa mère : « Enfin, j'ai fait merveille ;
Venez, voyez, goûtez mon miel ;
Il est comme on n'en trouve guère. »
La mère goûte. « Hélas ! ma chère,
Vous n'avez produit que du fiel. »

Il est beau d'aimer la lecture :
C'est prendre un honnête plaisir ;
De l'âme elle est la nourriture,
Mais on ne peut trop la choisir.

X...

16. — Les deux Mulets.

(4e année, page 464.)

Deux mulets cheminaient, l'un d'avoine chargé,
L'autre portant l'argent de la gabelle.
Celui-ci, glorieux d'une charge si belle,
N'eût voulu pour beaucoup en être soulagé.

Il marchait d'un pas relevé,
Et faisait sonner sa sonnette ;
Quand l'ennemi se présentant,
Comme il en voulait à l'argent,
Sur le mulet du fisc une troupe se jette,
Le saisit au frein, et l'arrête.
Le mulet, en se défendant,
Se sent percer de coups ; il gémit, il soupire.
« Est-ce donc là, dit-il, ce qu'on m'avait promis ?
Ce mulet qui me suit du danger se retire,
Et moi, j'y tombe et je péris !
— Ami, lui dit son camarade,
Il n'est pas toujours bon d'avoir un haut emploi :
Si tu n'avais servi qu'un meunier, comme moi,
Tu ne serais pas si malade. »

17. — Le Gland et la Citrouille.

(4ᵉ année, page 477.)

Dieu fait bien ce qu'il fait. Sans en chercher la preuve
En tout cet univers, et l'aller parcourant,
Dans les citrouilles je la trouve.

Un villageois, considérant
Combien ce fruit est gros et sa tige menue :
A quoi songeait, dit-il, l'auteur de tout cela ?
Il a bien mal placé cette citrouille-là ?
Eh ! parbleu, je l'aurais pendue
A l'un des chênes que voilà ;
C'eût été justement l'affaire :
Tel fruit, tel arbre, pour bien faire.
C'est dommage, Garo, que tu n'es point entré
Au conseil de celui que prêche ton curé ;
Tout en eût été mieux ; car pourquoi, par exemple,
Le gland qui n'est pas gros comme mon petit doigt
Ne pend-il pas en cet endroit ?
Dieu s'est mépris : plus je contemple
Ces fruits ainsi placés, plus il semble à Garo

Que l'on a fait un quiproquo.
Cette réflexion embarrassant notre homme :
On ne dort point, dit-il, quand on a tant d'esprit.
Sous un chêne aussitôt il va prendre son somme.
Un gland tombe : le nez du dormeur en pâtit.
Il s'éveille, et, portant la main sur son visage,
Il trouve encor le gland pris au poil du menton.
Son nez meurtri le force à changer de langage :
Oh ! oh ! dit-il, je saigne ! Et que serait-ce donc
S'il fût tombé de l'arbre une masse plus lourde,
    Et que ce gland eût été gourde ?
Dieu ne l'a pas voulu ; sans doute il eut raison ;
    J'en vois bien à présent la cause.
    En louant Dieu de toute chose
    Garo retourne à la maison.

LA FONTAINE.

18. — L'Aveugle et le Paralytique.

(4e année, page 490.)

    Aidons-nous mutuellement,
La charge des malheurs en sera plus légère ;
    Le bien que l'on fait à son frère
Pour le mal que l'on souffre est un soulagement.
Confucius l'a dit ; suivons tous sa doctrine ;
Pour la persuader aux peuples de la Chine,
    Il leur contait le trait suivant :
    Dans une ville de l'Asie,
    Il existait deux malheureux,
L'un perclus, l'autre aveugle, et pauvres tous les deux.
Ils demandaient au Ciel de terminer leur vie ;
    Mais leurs cris étaient superflus,
Ils ne pouvaient mourir. Notre paralytique,
Couché sur un grabat dans la place publique,
Souffrait sans être plaint ; il en souffrait bien plus.
    L'aveugle, à qui tout pouvait nuire,
    Etait sans guide, sans soutien,

Sans avoir même un pauvre chien,
Pour l'aimer et pour le conduire,
Un certain jour, il arriva
Que l'aveugle à tâtons, au détour d'un rue,
Près du malade se trouva :
Il entendit ses cris, son âme en fut émue.
Il n'est tel que les malheureux
Pour se plaindre les uns les autres.
J'ai mes maux, lui dit-il, et vous avez les vôtres :
Unissons-les, mon frère, ils seront moins affreux.
Hélas! dit le perclus, vous ignorez, mon frère,
Que je ne puis faire un seul pas;
Vous-même vous n'y voyez pas!
A quoi nous servirait d'unir notre misère?
A quoi? répond l'aveugle, écoutez, à nous deux
Nous possédons le bien à chacun nécessaire;
J'ai des jambes, et vous des yeux:
Moi, je vais vous porter; vous, vous serez mon guide;
Vos yeux dirigeront mes pas mal assurés :
Mes jambes, à leur tour, iront où vous voudrez.
Ainsi, sans que jamais notre amitié décide
Qui de nous deux remplit le plus utile emploi,
Je marcherai pour vous, vous y verrez pour moi.

FLORIAN.

19. — La Laitière et le Pot au lait.

(4e année, page 503.)

Perrette, sur sa tête ayant un pot au lait,
Bien posé sur un coussinet,
Prétendait arriver sans encombre à la ville.
Légère et court vêtue, elle allait à grands pas,
Ayant mis ce jour-là, pour être plus agile,
Cotillon simple et souliers plats.
Notre laitière ainsi troussée
Comptait ainsi dans sa pensée
Tout le prix de son lait; en employait l'argent;

Achetait un cent d'œufs, faisait triple couvée :
La chose allait à bien par son soin diligent.
Il m'est, disait-elle, facile
D'élever des poulets autour de ma maison ;
Le renard sera bien habile
S'il ne m'en laisse assez pour avoir un cochon.
Le porc à s'engraisser coûtera peu de son ;
Il était, quand je l'eus, de grosseur raisonnable :
J'aurai le revendant, de l'argent bel et bon.
Et qui m'empêchera de mettre en notre étable,
Vu le prix dont il est, une vache et son veau,
Que je verrai sauter au milieu du troupeau ?
Perrette là-dessus saute aussi, transportée :
Le lait tombe ; adieu veau, vache, cochon, couvée.
La dame de ces biens, quittant d'un œil marri
    Sa fortune ainsi répandue,
    Va s'excuser à son mari,
    En grand danger d'être battue.
    Le récit en farce en fut fait ;
    On l'appela le Pot au lait.

    Quel esprit ne bat la campagne ?
    Qui ne fait châteaux en Espagne ?
Picrochole, Pyrrhus, la laitière, enfin tous,
    Autant les sages que les fous,
Chacun songe en veillant ; il n'est rien de plus doux :
Une flatteuse erreur emporte alors nos âmes ;
Quand je suis seul, je fais au plus brave un défi ;
Je m'écarte, je vais détrôner le sophi ;
    On m'élit roi, mon peuple m'aime ;
Les diadèmes vont sur ma tête pleuvant.
Quelque accident fait-il que je rentre en moi-même,
    Je suis gros Jean comme devant.

LA FONTAINE.

4

20. — Le Rat de ville et le Rat des champs.

(4e année, page 515.)

Autrefois le rat de ville
Invita le rat des champs,
D'une façon fort civile,
A des reliefs d'ortolans.

Sur un tapis de Turquie
Le couvert se trouva mis.
Je laisse à penser la vie
Que firent ces deux amis.

Le régal fut fort honnête,
Rien ne manquait au festin ;
Mais quelqu'un troubla la fête
Pendant qu'ils étaient en train.

A la porte de la salle
Ils entendirent du bruit ;
Le rat de ville détale ;
Son camarade le suit.

Le bruit cesse, on se retire :
Rats en campagne aussitôt ;
Et le citadin de dire :
Achevons tout notre rôt.

C'est assez, dit le rustique ;
Demain vous viendrez chez moi.
Ce n'est pas que je me pique
De tous vos festins de roi ;

Mais rien ne vient m'interrompre,
Je mange tout à loisir.
Adieu donc. *Fi du plaisir*
Que la crainte peut corrompre !

La Fontaine.

21. — Le petit Poisson et le Pêcheur.

(4e année, page 528.)

Petit poisson deviendra grand,
Pourvu que Dieu lui prête vie;
Mais le lâcher, en attendant,
Je tiens pour moi que c'est folie :
Car de le rattraper il n'est pas trop certain.

Un carpeau, qui n'était encore que fretin,
Fut pris par un pêcheur au bord d'une rivière.
Tout fait nombre, dit l'homme en voyant son butin;
Voilà commencement de chère et de festin;
    Mettons-le en notre gibecière.
Le pauvre carpillon lui dit en sa manière :
Que ferez-vous de moi? Je ne saurais fournir
    Au plus qu'une demi-bouchée.
    Laissez-moi carpe devenir;
    Je serai par vous repêchée;
Quelque gros partisan m'achètera bien cher :
    Au lieu qu'il vous en faut chercher
    Peut-être encor cent de ma taille
Pour faire un plat : quel plat? croyez-moi rien qui vaille.
Rien qui vaille? eh bien soit, répartit le pêcheur;
Poisson, mon bel ami, qui faites le prêcheur,
Vous irez dans la poêle, et, vous avez beau dire,
    Dès ce soir on vous fera frire.

Un Tiens vaut, ce dit-on, mieux que deux Tu l'auras,
    L'un est sûr, l'autre ne l'est pas.

LA FONTAINE.

22. — L'Huître et les Plaideurs.

(4e année, page 540.)

Un jour deux pèlerins sur le sable rencontrent
Une huître que le flot y venait d'apporter;

Ils l'avalent des yeux, du doigt ils se la montrent ;
A l'égard de la dent, il fallut contester.
L'un se baissait déjà pour ramasser la proie ;
L'autre le pousse et dit : « Il est bon de savoir
        Qui de nous en aura la joie,
Celui qui le premier a pu l'apercevoir
En sera le gobeur, l'autre le verra faire.
        — Si par là l'on juge l'affaire,
Reprit son compagnon, j'ai l'œil bon, Dieu merci.
        — Je ne l'ai pas mauvais aussi,
Dit l'autre ; et je l'ai vue avant vous, sur ma vie.
— Eh bien ! vous l'avez vue, et moi je l'ai sentie. »
        Pendant tout ce bel incident,
Perrin Dandin arrive ; ils le prennent pour juge,
Perrin, fort gravement, ouvre l'huître et la gruge,
        Nos deux messieurs le regardant ;
Ce repas fait, il dit d'un ton de président :
« Tenez, la Cour vous donne à chacun une écaille
Sans dépens ; et qu'en paix chacun chez soi s'en aille. »

Mettez ce qu'il en coûte à plaider aujourd'hui,
Comptez ce qu'il en reste à beaucoup de familles ;
Vous verrez que Perrin tire l'argent à lui,
Et ne laisse aux plaideurs que le sac et les quilles.

LA FONTAINE.

23. — L'Ane et la Flûte.

(4ᵉ année, page 552.)

        Les sots sont un peuple nombreux,
        Trouvant toutes choses faciles :
Il faut le leur passer, souvent ils sont heureux ;
        Grand motif de se croire habiles.

        Un âne, en broutant ses chardons,
Regardait un pasteur jouant, sous le feuillage,
        D'une flûte dont les doux sons
Attiraient et charmaient les bergers du bocage.

Cet âne mécontent disait : « Ce monde est fou!
Les voilà tous, bouche béante,
Admirant un grand sot qui sue et se tourmente
A souffler dans un petit trou.
C'est par de tels efforts qu'on parvient à leur plaire,
Tandis que moi... Suffit... Allons-nous en d'ici,
Car je me sens trop en colère. »
Notre âne, en raisonnant ainsi,
Avance quelques pas, lorsque, sur la fougère,
Une flûte, oubliée en ces champêtres lieux
Par quelque pasteur amoureux,
Se trouve sous ses pieds. Notre âne se redresse,
Sur elle de côté fixe ses deux gros yeux;
Une oreille en avant, lentement il se baisse,
Applique son naseau sur le pauvre instrument,
Et souffle tant qu'il peut. O hasard incroyable!
Il en sort un son agréable.
L'âne se croit un grand talent;
Et, tout joyeux, s'écrie en faisant la culbute :
« Eh! je joue aussi de la flûte! »

FLORIAN.

24. — Le Savetier et le Financier.
(4ᵉ année, page 564.)

Un savetier chantait du matin jusqu'au soir :
C'était merveille de le voir,
Merveille de l'ouïr; il faisait des passages,
Plus content qu'un des sept sages.
Son voisin, au contraire, étant tout cousu d'or,
Chantait peu, dormait moins encor :
C'était un homme de finance.
Si sur le point du jour parfois il sommeillait,
Le savetier alors en chantant l'éveillait;
Et le financier se plaignait
Que les soins de la Providence
N'eussent pas au marché fait vendre le dormir,

4.

Comme le manger et le boire.
En son hôtel il fait venir
Le chanteur, et lui dit : Or çà, sire Grégoire,
Que gagnez-vous par an ? — Par an ! ma foi, Monsieur
Dit avec un ton de rieur
Le gaillard savetier, ce n'est point ma manière
De compter de la sorte ; et je n'entasse guère
Un jour sur l'autre : il suffit qu'à la fin
J'attrape le bout de l'année ;
Chaque jour amène son pain. —
Eh bien ! que gagnez-vous, dites-moi, par journée ? —
Tantôt plus, tantôt moins ; le mal est que toujours
(Et sans cela nos gains seraient assez honnêtes),
Le mal est que dans l'an s'entremêlent des jours
Qu'il faut chômer ; on nous ruine en fêtes :
L'une fait tort à l'autre ; et monsieur le curé
De quelque nouveau saint charge toujours son prône.
Le financier, riant de sa naïveté,
Lui dit : Je veux vous mettre aujourd'hui sur le trône.
Prenez ces cent écus, gardez-les avec soin,
Pour vous en servir au besoin.
Le savetier crut voir tout l'argent que la terre
Avait, depuis plus de cent ans,
Produit pour l'usage des gens.
Il retourne chez lui : dans sa cave il enserre
L'argent, et sa joie à la fois.
Plus de chant : il perdit la voix
Du moment qu'il gagna ce qui cause nos peines.
Le sommeil quitta son logis ;
Il eut pour hôtes les soucis,
Les soupçons, les alarmes vaines.
Tout le jour il avait l'œil au guet : et la nuit,
Si quelque chat faisait du bruit,
Le chat prenait l'argent. A la fin le pauvre homme
S'en courut chez celui qu'il ne réveillait plus :
Rendez-moi, lui dit-il, mes chansons et mon somme
Et reprenez vos cent écus.

La Fontaine.

25. — Le Laboureur et ses Enfants.

Travaillez, prenez de la peine :
C'est le fonds qui manque le moins.

Un riche laboureur sentant sa mort prochaine,
Fit venir ses enfants, leur parla sans témoins.
Gardez-vous, leur dit-il, de vendre l'héritage
Que nous ont laissé nos parents :
Un trésor est caché dedans.
Je ne sais pas l'endroit ; mais un peu de courage
Vous le fera trouver : vous en viendrez à bout.
Remuez votre champ dès qu'on aura fait l'août :
Creusez, fouillez, bêchez, ne laissez nulle place
Où la main ne passe et repasse.
Le père mort, les fils vous retournent le champ
Deçà, delà, partout ; si bien qu'au bout de l'an
Il en rapporta davantage.
D'argent, point de caché. Mais le père fut sage
De leur montrer, avant sa mort,
Que le travail est un trésor.

LA FONTAINE.

26. — Le Héron.

Un jour sur ses longs pieds allait je ne sais où
Le Héron au long bec emmanché d'un long cou ;
Il côtoyait une rivière.
L'onde était transparente ainsi qu'aux plus beaux jours.
Ma commère la carpe y faisait mille tours
Avec le brochet son compère.
Le Héron en eût fait aisément son profit:
Tous approchaient du bord, l'oiseau n'avait qu'à prendre
Mais il crut mieux faire d'attendre
Qu'il eût un peu plus d'appétit :
Il vivait de régime, et mangeait à ses heures.
Après quelques moments, l'appétit vint : l'oiseau

S'approchant du bord, vit sur l'eau
Des tanches qui sortait du fond de ces demeures.
Le mets ne lui plut pas ; il s'attendait à mieux,
  Et montrait un goût dédaigneux
  Comme le rat du bon Horace :
« Moi, des tanches ! dit-il, moi Héron que je fasse
Une si pauvre chère ! Et pour qui me prend-on ? »
La tanche rebutée, il trouva du goujon.
« Du goujon ! c'est bien là le dîner d'un Héron !
J'ouvrirais pour si peu le bec ! aux dieux ne plaise ! »
Il l'ouvrit pour bien moins : tout alla de façon
  Qu'il ne vit plus aucun poisson.
La faim le prit ; il fut tout heureux et tout aise,
  De rencontrer un limaçon.

  Ne soyons pas si difficiles :
Les plus accommodants, ce sont les plus habiles,
On hasarde de perdre en voulant trop gagner.
  Gardez-vous de rien dédaigner.

LA FONTAINE.

27. — Le Jaguar et les deux Loups.

  Après une course lointaine,
Deux loups rentraient à jeun dans la forêt prochaine.
  Ils avisent, près d'un ormeau,
Un jaguar affamé déchirant un agneau,
Dont la voix expirante appelle en vain sa mère.
  « Bête cruelle et sanguinaire,
Dit l'un des voyageurs, faut-il être méchant !
  Dévorer ce pauvre innocent !
Il demande en mourant sa mère misérable,
  Et l'animal impitoyable
  Lui répond par un coup de dent.
  Ce spectacle me persuade
Que les jaguars sont un peuple bourreau.
  — C'est vrai, reprend son camarade,

Manger ainsi ce pauvre agneau !
Au moins s'il en donnait un tout petit morceau. »

Cette courte fable est l'histoire
De Monsieur tel, son nom échappe à ma mémoire.
Voyant des amis grands seigneurs
Assis au banquet des faveurs,
Monsieur s'indigne et s'effarouche.
Il crie : « Aux intrigants, aux fourbes, aux voleurs ! »
La jalousie enfante ces fureurs ;
Un tout petit morceau lui fermerait la bouche.

A. FABRE.

28. — L'Ours et les deux Compagnons.

Deux compagnons pressés d'argent
A leur voisin fourreur vendirent
La peau d'un ours encor vivant,
Mais qu'ils tueraient bientôt, du moins à ce qu'ils dirent
C'était le roi des ours au compte de ces gens,
Le marchand à sa peau devait faire fortune ;
Elle garantirait des froids les plus cuisants.
On en pourrait fourrer plutôt deux robes qu'une.
Dindenaut prisait moins ses moutons qu'eux leur ours.
Leur, à leur compte, et non à celui de la bête.
S'offrant de la livrer au plus tard dans deux jours,
Ils conviennent du prix et se mettent en quête,
Trouvent l'ours qui s'avance et vient vers eux au trot :
Voilà mes gens frappés comme d'un coup de foudre.
Le marché ne tint pas, il fallut le résoudre :
D'intérêts contre l'ours on n'en dit pas un mot.
L'un des deux compagnons grimpe au faîte d'un arbre,
L'autre plus froid que n'est un marbre,
Se couche sur le nez, fait le mort, tient son vent,
Ayant quelque part ouï dire
Que l'ours s'acharne peu souvent

Sur un corps qui ne vit, ne meut, ni ne respire.
Seigneur ours, comme un sot, donna dans ce panneau.
Il voit ce corps gisant, le croit privé de vie,
    Et de peur de supercherie,
Le tourne, le retourne, approche son museau,
    Flaire au passage de l'haleine,
C'est, dit-il, un cadavre; ôtons-nous, car il sent.
A ces mots, l'ours s'en va dans la forêt prochaine.
L'un de nos deux marchands de son arbre descend,
Court à son compagnon, lui dit que c'est merveille
Qu'il n'ait eu seulement que la peur pour tout mal.
Eh bien ! ajouta-t-il, la peau de l'animal ?
    Mais que t'a-t-il dit à l'oreille ?
    Car il t'approchait de bien près,
    Te retournant avec sa serre.
    — Il m'a dit qu'il ne faut jamais
Vendre la peau de l'ours qu'on ne l'ait mis par terre.

LA FONTAINE.

20. — L'Ane et le Chien.

    Il se faut entr'aider, c'est la loi de nature.
    L'âne un jour pourtant s'en moqua,
    Et ne sais comme il y manqua,
    Car il est bonne créature.
Il allait par pays, accompagné du chien,
    Gravement, sans songer à rien;
    Tous deux suivis d'un commun maître.
Ce maître s'endormit. L'âne se mit à paître.
    Il était alors dans un pré
    Dont l'herbe était fort à son gré.
Point de chardons pourtant, il s'en passa pour l'heure
Il ne faut pas toujours être si délicat ;
    Et, faute de servir ce plat,
    Rarement un festin demeure.
    Notre baudet s'en sut enfin
Passer pour cette fois. Le chien, mourant de faim,

Lui dit: Cher compagnon, baisse-toi, je te prie :
Je prendrai mon dîner dans le panier au pain.
Point de réponse, mot: le roussin d'Arcadie
    Craignit qu'en perdant un moment
    Il ne perdît un coup de dent,
    Il fit longtemps la sourde oreille :
Enfin, il répondit: Ami, je te conseille
D'attendre que ton maître ait fini son sommeil ;
Car il te donnera sans faute, à son réveil,
    Ta portion accoutumée ;
    Il ne saurait tarder beaucoup.
    Sur ces entrefaites un loup
Sort du bois, et s'en vient: autre bête affamée.
L'âne appelle aussitôt le chien à son secours.
Le chien ne bouge, et dit : Ami, je te conseille
De fuir en attendant que ton maître s'éveille ;
Il ne saurait tarder ; détale vite et cours.
Que si ce loup t'atteint, casse-lui la mâchoire ;
On t'a ferré de neuf ; et, si tu veux me croire,
Tu l'étendras tout plat. Pendant ce beau discours,
Seigneur loup étrangla le baudet sans remède.
    Je conclus qu'il faut qu'on s'entr'aide.

LA FONTAINE.

20. — Le Chien et le Chat.

    Pataud jouait avec Raton,
Mais sans gronder, sans mordre, en camarade, en frère.
Les chiens sont bonnes gens, mais les chats, nous dit-on,
    Sont justement tout le contraire.
    Raton, bien qu'il jurât toujours
    Avoir fait patte de velours,
Raton, et ce n'est point une histoire apocryphe,
Dans la peau d'un ami, comme fait maint plaisant,
    Enfonçait tout en s'amusant,
    Tantôt la dent, tantôt la griffe.
    Pareil jeu dut cesser bientôt.

Eh quoi ! Pataud, tu fais la mine :
Ne sais-tu pas qu'il est d'un sot
De se fâcher quand on badine ?
Ne suis-je pas ton bon ami ?
— Prends le nom qui convient à ton humeur maligne,
Raton, ne sois rien à demi :
J'aime mieux un franc ennemi
Qu'un bon ami qui m'égratigne.

ARNAULT.

31. — Le Loup et l'Agneau.

La raison du plus fort est toujours la meilleure. (1)
Nous l'allons montrer tout à l'heure.

Un agneau se désaltérait
Dans le courant d'une onde pure.
Un loup survient à jeun, qui cherchait aventure,
Et que la faim en ces lieux attirait.
Qui te rend si hardi de troubler mon breuvage ?
Dit cet animal plein de rage :
Tu seras châtié de ta témérité.
Sire, répond l'agneau, que votre majesté
Ne se mette pas en colère ;
Mais plutôt qu'elle considère
Que je vas me désaltérant,
Dans le courant,
Plus de vingt pas au-dessous d'elle ;
Et que par conséquent, en aucune façon,
Je ne puis troubler sa boisson.
Tu la troubles ! reprit cette bête cruelle ;
Et je sais que de moi tu médis l'an passé.
Comment l'aurais-je fait si je n'étais pas né ?
Reprit l'agneau ; je tette encor ma mère. —

---

(1) La Fontaine veut faire entendre ici que le plus fort, quand il est fourbe et méchant, ne reconnaît d'autre droit que celui de la force, et la raison qu'il lui plaît d'inventer pour satisfaire ses passions, il la proclame la meilleure.
(PORCHAT).

Si ce n'est toi, c'est donc ton frère. —
Je n'en ai point.—C'est donc quelqu'un des tiens,
    Car vous ne m'épargnez guère,
    Vous, vos bergers et vos chiens.
On me l'a dit : il faut que je me venge.
    Là-dessus, au fond des forêts
    Le loup l'emporte, et puis le mange,
    Sans autre forme de procès.

32. — Le Loup et la queue du Lion.

Caché derrière un arbre un lion attendait,
    Guettant sa proie. Un vieux loup qui rôdait
Vit le bout de sa queue; il en devint tout blême.
S'arrêta court, lorgna l'objet en question
    Et sagement se posa ce problème:
      Puisque du bœuf et du lion
      La queue est à peu près la même,
Est-ce bien un lion que j'ai là sous les yeux ?
Est-ce un bœuf? Car je n'ose approcher pour voir mieux;
Bœuf, il me nourrirait; mais lion, au contraire ;
Loin d'être le mangeur, je serais le mangé...
Bonsoir, lion ou bœuf, je m'en vais... Je préfère
Etre traité de sot pour avoir mal jugé
Que si l'on fait demain mon oraison funèbre.

Malgré l'instinct glouton qui l'a rendu célèbre,
Maître loup raisonna comme un esprit très-mûr ;
Dans le doute il choisit le parti le plus sûr.

J. M. VILLEFRANCHE.

33. — Le Chat et le Fromage.

On m'a conté qu'un avocat
Dans une armoire mal fermée
Mit un fromage délicat.
Le lendemain, de la pièce entamée

Il manquait presque un demi quart.
Dames souris, troupe affamée,
En avaient prélevé la dîme pour leur part.
Vous me paierez, et que cela ne tarde !
Ici, Mitis, venez faire la garde.
Que fit Mitis ? Il croqua les souris.
Puis, dès qu'il eut terminé le carnage,
L'honnête chat acheva le fromage.

Le traître ! direz-vous. Moi, j'en suis peu surpris:
N'avait-il pas bonne excuse à son crime ?
Il fit ce que son maître avait fait maintes fois,
Lorsqu'après le voleur il grugeait la victime ;
Ce que fait tout fripon commis au soin des lois ;
Bref, ce que feront d'âge en âge,
Tous chats, petits et gros, qu'on charge d'un fromage.

J. M. VILLEFRANCHE.

34. — Le Charlatan.

Sur un vieux char à bancs que traînaient par les rues
Deux rosses maigres et fourbues,
Un charlatan dépenaillé,
Au regard morne, au teint rouillé,
Au nez rougi par la froidure,
Mal vêtu d'un carrick d'assez triste couleur
Qui vingt ans des hivers avait subi l'injure,
Arrachait les dents — sans douleur ! —
Et disait la bonne aventure.
Les paysans naïfs, en cercle autour de lui,
Admiraient en silence, oyant des deux oreilles :
— Non, messieurs, disait-il, je ne viens pas ici
Vous promettre monts et merveilles :
Je ne sais pas tromper les gens !
Chez moi, pas de grands mots, chez moi pas d'artifice !
Je ne suis — à votre service —
Qu'un modeste arracheur de dents.

Mais pourtant, si la Providence
Des mystères d'en haut m'a donné la science,
Dois-je aux yeux du public dérober mes talents
    Et crier : « Vive l'Ignorance! »
    Approchez, messieurs, approchez,
Mes cartes vous diront tout ce que vous cherchez:
Le passé qui finit, l'avenir qui commence,
Le dictame béni propre à chaque souffrance,
Et les trésors perdus et les trésors cachés...
— Toi, dit un vieux malin, que ce beau préambule
    N'avait fait que rendre incrédule,
    Tu causes bien ; mais, par ma foi !
    Tu n'auras pas un sou de moi.
    Sans être sorcier, je devine
Que si tu connaissais des trésors enfouis,
    Tu vivrais d'une autre cuisine,
    Et l'on verrait, je m'imagine,
    A tes chevaux moins triste mine
    Et moins de trous à tes habits.

Abel Bertier.

35. — Le Singe qui montre la lanterne magique.

Messieurs les beaux esprits, dont la prose et les vers
Sont d'un style pompeux et toujours admirable,
Mais que l'on n'entend point, écoutez cette fable,
    Et tâchez de devenir clairs.

Un homme, qui montrait la lanterne magique,
    Avait un singe dont les tours
    Attiraient chez lui grand concours ;
Jacqueau, c'était son nom, sur la corde élastique
    Dansait et voltigeait au mieux,
    Puis faisait le saut périlleux,
Et puis sur un cordon, sans que rien le soutienne,
    Le corps fixe, droit et d'aplomb,
    Notre Jacqueau fait tout du long

L'exercice à la prussienne.

Un jour qu'au cabaret son maître était resté,
   (C'était, je pense, un jour de fête),
   Notre singe en liberté
   Veut faire un coup de sa tête.
Il s'en va rassembler les divers animaux
   Qu'il peut rencontrer dans la ville ;
   Chiens, chats, poulets, dindons, pourceaux
   Arrivent bientôt à la file.
« Entrez, entrez, messieurs, criait notre Jacqueau
C'est ici, c'est ici qu'un spectacle nouveau
Vous charmera gratis. Oui, Messieurs, à la porte
On ne prend point d'argent, je fais tout pour l'honneur. »
   A ces mots, chaque spectateur
   Va se placer, et l'on apporte
La lanterne magique ; on ferme les volets,
   Et, par un discours fait exprès,
   Jacqueau prépare l'auditoire.
   Ce morceau vraiment oratoire
   Fit bâiller, mais on applaudit.
Content de son succès, notre singe saisit
Un verre peint qu'il met dans sa lanterne.
   Il sait comment on le gouverne.
Et crie en le poussant : « Est-il rien de pareil ?
   Messieurs, vous voyez le soleil,
   Ses rayons et toute sa gloire.
Voici présentement la lune ; et puis l'histoire
   D'Adam, d'Eve et des animaux...
   Voyez, Messieurs, comme il sont beaux !
   Voyez la naissance du monde ;
Voyez... » Les spectateurs dans une nuit profonde,
Ecarquillaient leurs yeux et ne pouvaient rien voir,
L'appartement, le mur, tout était noir.
« Ma foi, disait un chat, de toutes les merveilles
   Dont il étourdit nos oreilles,
   Le fait est que je ne vois rien.
   Ni moi non plus, disait un chien.

Moi disait un dindon, je vois bien quelque chose,
Mais je ne sais pour quelle cause
Je ne distingue pas très-bien. »
Pendant tous ces discours, le Cicéron moderne
Parlait éloquemment et ne se lassait point.
Il n'avait oublié qu'un point,
C'était d'éclairer sa lanterne.

FLORIAN.

36. — Les Sacs de Marrons

Certain Normand des plus larrons,
Et bien plus adroit qu'on ne pense,
Étalait avec complaisance,
Sous les yeux des passants, quelques sacs de marrons.
C'était jour de marché. Passe maître Grégoire.
Séduit pas leur aspect, notre homme ne peut croire
Qu'on puisse vendre à si bas prix
Des marrons gros comme des œufs de poule.
« Mon cher monsieur, n'en soyez pas surpris,
Dit le marchand en écartant la foule :
On ne verra pas ceci dans cent ans.
Le ciel m'a tant donné de marrons cet automne
Que je ne les vends pas, morghienne ! Je les donne
Presque pour rien à mes clients.
Prenez-moi ces trois sacs : dix francs ! Dieu me pardonne
C'est vous faire un présent. » Et Grégoire alléché
Prend les sacs, quitte le marché,
Et le vide en rentrant sans songer à malice,
On se défie des fripons.
Or, de notre Normand apprenez l'artifice :
Il n'avait mis à l'orifice
Que de magnifiques marrons ;
Mais le reste n'était, bien recouvert de paille,
Que de petit cailloux cachés dans des chiffons.
« Volé !.., dit en jurant Grégoire. Oh ! la canaille

Que ce marchand! peut-on tromper ainsi les gens!
    Fi! désormais de tous les charlatans,
        Et que le diable les emporte
Avec leurs beaux discours. On les écoute, crac!
Vous voilà pris. — Pourquoi vous fâcher de la sorte ?
    Dit un voisin. L'étiquette du sac
    Ne suffit pas, dans le siècle où nous sommes,
Pour juger des marrons et bien souvent des hommes.
    Ceux-ci prenant les dehors les plus beaux,
Ne se montrent à nous que pour mieux nous séduire,
Laissant au fond du sac leurs horribles défauts
        Cachés sous un charmant sourire.

F. BONNANS.

37. — Les deux Frères ennemis.

Une serpe à la main, un homme était perché
        Sur la cime d'un très-grand arbre ;
Il tombe, et le visage à la terre attaché,
Il restait immobile et glacé comme un marbre.
Un pâtre, par hasard, passe avec un fagot
        Qu'il avait chargé sur son âne.
Il aperçoit le mort : — « Eh! grand Dieu! c'est Guillot,
        Le mari de la pauvre Jeanne. »
        Il crie, il appelle, et bientôt
        On voit à travers la poussière
        Hommes et femmes accourir.
        Le plus désolé fut le frère
    Du malheureux qu'on venait secourir.
        « Oh! que ne puis-je te guérir,
Mon bon Guillot, » dit-il, en écartant la foule;
        Il étanche le sang qui coule,
        Puis, poussant un profond soupir :
« Hélas! ajoute-t-il, que dira notre père ?
Non, tu ne mourras pas, mon ami, je l'espère. »
        Et les sanglots troublent sa voix,

« Mais, voisin, vous plaignez, je crois,
        Celui dont l'implacable haine
Vous poursuivait partout. — Ah! qu'à cela ne tienne;
Oublier est si beau ! Sachez bien, mon ami,
Qu'en tout temps, en tout lieu, je fus bon camarade,
        Et que dans ce pauvre malade
        Qui ne respire qu'à demi,
Je ne vois que mon frère et non mon ennemi. »

F. BONNANS.

38. — Les Chats et les Souris.

        Un vieux chat, fléau des souris,
        Réunit un jour ses amis,
Et leur tint ce discours digne de Démosthène :
« Vous n'êtes comme moi que des ombres de chats ;
        Nous pouvons nous suffire à peine.
Nos aïeux seuls nous ont causé cet embarras.
        Leur dent aux souris fut funeste,
Ils les croquaient partout, et le peu qu'il en reste,
Par la frayeur saisi n'ose quitter ses trous.
Je connais un moyen pour qu'on revienne à nous :
Il faut dès aujourd'hui qu'assis sur le derrière,
        En prenant des airs patelins,
        On puisse nous croire des saints
Tout à fait étrangers aux choses de la terre.
        Le succès est le prix de l'art.
        Amis, toutes ces dames grises,
        Au nez mignon, au fin regard,
        Croyez-moi, seront bientôt prises,
        A l'œuvre donc, et sans retard. »
Le lendemain, on vit nos hypocrites
        Vrais chattemites,
Les yeux baissés et les pattes en croix,
        Chanter en chœur leurs patenôtres.
Une souris moins fine que les autres,
S'avance, fait un pas, puis deux, puis enfin trois,

Et se rapproche, sans mot dire.
On la reçoit avec un doux sourire ;
On l'embrasse, on la choie, et la pauvre souris
Toute joyeuse et de bonheur troublée,
S'en va crier comme une écervelée
Que tous les chats sont convertis.
Le peuple souriquois, défiant par nature,
N'ose d'abord quitter son trou,
« Ma foi, dit un vieux rat, je ne suis pas si fou
De tenter pour ma part une telle aventure. »
On ne l'écouta pas. La gent trotte-menu,
Le nez en l'air, tout entière s'avance,
Fidèle alors au signal convenu,
Chaque matou comme un tigre s'élance,
Déchire, étrangle et vous met tout à mort,
Il ne resta pas même une souris vivante
Pour déplorer le triste sort
De ses sœurs expirant sous la griffe sanglante
De ces Attilas réunis.

Ne comptez pas sur l'apparence ;
Quand les méchants grands ou petits
Se diront vos meilleurs amis,
Tenez-les toujours à distance
Ou craignez le sort des souris.

F. BONNANS.

39. — Le Renard et les Poulets.

« Petits poulets, venez à moi !
Criait d'une voix famélique
Un vieux renard paralytique ;
Fiez-vous à ma bonne foi ;
Lorsque sur mon cœur je vous presse,
Mon cœur déborde de tendresse ;
Petits poulets, venez à moi,
Je vous aime, je vous préfère
A tous les trésors de la terre ;

Aimer les poulets, c'est ma loi.
Je vous donnerai la science,
Le bonheur et l'indépendance ;
Petits poulets, venez à moi ! »
Les poulets accouraient en foule.
— Arrêtez, dit la mère poule ;
Il vous aime pour vous manger :
Enfants, gardez-vous de bouger !
La bande alors tremble et recule.
— Cette frayeur est ridicule ;
Comment donc ? s'écrie un poulet,
Chacun à l'air de ce qu'il est !
Moi, l'on ne me fera point croire
Qu'un animal aux yeux si doux,
Au parler si tendre pour nous,
Puisse avoir une âme aussi noire,
Donc, vers lui je porte mes pas. »
Il partit, mais ne revint pas.

Que de renards, menteurs infâmes,
Tendent des pièges à nos âmes?
Renards nos folles passions ;
Renard le démon hypocrite
Qui vient, dans nos tentations,
Nous flatter pour nous perdre ensuite.

J. M. VILLEFRANCHE,

40. — L'Abeille et la Fourmi.

A jeun, le corps tout transi,
Et pour cause,
Un jour d'hiver la fourmi,
Près d'une ruche bien close,
Rôdait pleine de souci.
Une abeille vigilante
L'aperçoit et se présente :
« Que viens-tu chercher ici ?
Lui dit-elle. — Hélas ! ma chère,

Répond la pauvre fourmi,
Ne soyez pas en colère :
Le faisan, mon ennemi,
A détruit ma fourmilière ;
Mon magasin est tari ;
Tous mes parents ont péri
De faim, de froid, de misère ;
J'allais succomber aussi,
Quand du palais que voici
L'aspect m'a donné courage.
Je le savais bien garni
De ce bon miel, votre ouvrage ;
J'ai fait effort, j'ai fini
Par arriver sans dommage.
Oh ! me suis-je dit, ma sœur
Est fille laborieuse,
Elle est riche et généreuse,
Elle plaindra mon malheur !
Oui, tout mon espoir repose
Dans la bonté de son cœur.
Je demande peu de chose,
Mais, j'ai faim, j'ai froid, ma sœur !
— Oh ! oh ! répondit l'Abeille,
Vous discourez à merveille ;
Mais vers la fin de l'été,
La Cigale m'a conté
Que vous aviez rejeté
Une demande pareille.
— Quoi ! vous savez ?... — Mon Dieu, oui,
La Cigale est mon amie :
Que feriez-vous, je vous prie.
Si, comme vous, aujourd'hui
J'étais insensible et fière ;
Si j'allais vous inviter
A promener ou chanter ?
Mais rassurez-vous, ma chère :
Entrez, mangez à loisir,

Usez-en comme du vôtre,
Et surtout, pour l'avenir,
Apprenez à compatir
A la misère d'un autre. »

Laurent DE JUSSIEU.

41. — Les Pourceaux et le Daim.

Un pâtre sur un chêne en abattait les fruits.
Un large grognement, mêlé de quelques cris,
   Accueillait en bas cette pluie :
Là ses administrés mangeaient et barbottaient
   Comme des pourceaux qu'ils étaient.
   Témoin de leur joyeuse vie,
  Un daim trouva qu'ils étaient bien heureux
   Des soins que l'on prenait pour eux.
Avez-vous réfléchi quelle reconnaissance
Mérite, ajouta-t-il, ce maître généreux
Dont la main vous nourrit avec tant d'abondance ?
   Un des gloutons releva le museau :
Qui ? Quoi ? L'homme, la main... dit le seigneur pourceau
Que nous vient-il chanter, ce diseur de sornettes ?
   Philosopher, bon pour les sottes bêtes,
Mais nous, bêtes d'esprit, on ne nous y prend pas.
Va-t-en voir, mon ami, si les savants sont gras.
En fait de sentiment et de reconnaissance,
Vivent les glands bien mûrs qui garnissent la panse !
Vive l'eau piétinée et trouble du ruisseau !
A ta santé, mon vieux ! Il dit, grogne, et se baisse,
   Et se remet à fouiller du museau.
Le daim, avec dégoût, se détourne et le laisse.

Qu'eût-il dit s'il eût vu tant d'hommes oublieux
Vivre des dons que Dieu leur prodigue sans cesse,
Et n'élever jamais leurs regards jusqu'au cieux !

J. M. VILLEFRANCHE.

12. — L'Ane à vendre.

Un âne sur un champ de foire
Etait à vendre, et le vendeur
Chantait sur tous les tons ses vertus et sa gloire :
« Un vrai régal, messieurs, pour l'œil d'un amateur !
Admirez ce poitrail, ce front, cette encolure,
Et trouvez-moi dans le canton
Une plus fine créature !
Pour la douceur, Messieurs, c'est un mouton ;
C'est un chien pour l'intelligence.
Pour la force un taureau, pour la grâce un cheval ;
A l'égard de la tempérance
Je ne vois aucun animal
Qui puisse l'égaler. Oui, c'est une merveille.
Messieurs, qu'une bête pareille ! »
Ce disant, l'orateur tendrement lui passait
Une main sur le dos et même l'embrassait ;
Et le grison, tout fier, dressait l'oreille,
Mais en vain s'approcha maint et maint auditeur,
Point d'acheteur !
La nuit vint, il fallut en chemin se remettre
Comme on était venu. Quel échec pour le maître !
Ce dernier change alors de ton,
Et du dépit d'avoir perdu sa rhétorique,
Se console au dépens de la pauvre bourrique.
Il la caresse encor, mais avec le bâton :
« Hu ! fainéant, hu ! lâche et sotte bête !
Tu ne sais que dormir, braire, manger toujours ;
Tu ne me gagnes pas le foin que je t'achète !
— Eh ! mais, dit le baudet, quel est donc ce discours ?
Je suis une merveille, il n'est rien qui m'égale,
Et puis, subitement, je suis un propre à rien,
Le tout en moins d'une heure d'intervalle !
— Je t'admire ! lui dit un chien ;
Ainsi, tu croyais, camarade.

Lorsqu'il nous débitait tantôt son boniment,
    Qu'il parlait sérieusement !
— Je vois bien maintenant que c'était pasquinade,
    Répliqua l'âne tristement ;
Mais ce que je déclare impudent et cynique,
C'est qu'il se contredise aussi complétement.
S'il avait pour deux liards, pour deux liards seulement
De logique... — Plaît-il ? Tu parles de logique !
Interrompit le chien sentencieusement ;
O mangeur de chardons, âme honnête et candide,
    La passion, l'intérêt du moment,
Voilà, saches-le bien, sa logique et son guide ! »
    A vous aussi j'en dis autant,
   Vous qui pourriez, ô crédule jeunesse,
    Accepter comme argent comptant
    Les compliments qu'on vous adresse.
    Le sage en prend, mais il en laisse.
    Il en laisse plus qu'il n'en prend.
« Vous avez embelli ; que vous êtes aimable !
Votre esprit est divin, votre voix adorable ;
J'étais absent hier quand vous me vîntes voir,
J'en suis tout désolé, j'en suis au désespoir ! »
    Voilà le langage du monde.
Mais tel qui parle ainsi n'en pense pas un mot,
Et, s'il vous voit prêter l'oreille à sa faconde,
Il sera le premier à vous traiter de sot.

J. M. Villefranche.

43. — Le Lion devenu vieux.

    Le lion, terreur des forêts,
Chargé d'ans et pleurant son antique prouesse,
Fut enfin attaqué par ses propres sujets,
    Devenus forts par sa faiblesse.
Le cheval s'approchant lui donne un coup de pied ;
Le loup, un coup de dent ; le bœuf, un coup de corne.
Le malheureux lion, languissant, triste et morne,

Peut à peine rugir, par l'âge estropié.
Il attend son destin sans faire aucunes plaintes ;
Quand voyant l'Ane, même à son antre accourir :
Ah ! c'est trop, lui dit-il, je voulais bien mourir,
Mais c'est mourir deux fois que souffrir tes atteintes.

41. — Le Rat et l'Éléphant.

Se croire un personnage est fort commun en France ;
    On y fait l'homme d'importance,
    Et l'on n'est souvent qu'un bourgeois.
    C'est proprement le mal français :
La sotte vanité nous est particulière.
Les Espagnols sont vains, mais d'une autre manière :
    Leur orgueil me semble, en un mot,
    Beaucoup plus fou, mais pas si sot.
    Donnons quelque image du nôtre,
    Qui, sans doute, en vaut bien un autre.
Un rat des plus petits voyait un éléphant
Des plus gros, et raillait le marcher un peu lent
    De la bête de haut parage,
    Qui marchait à gros équipage.
    Sur l'animal à triple étage
    Une sultane de renom,
    Son chien, son chat et sa guenon,
Son perroquet, sa vieille, et toute sa maison,
    S'en allait en pèlerinage.
    Le rat s'étonnait que les gens
Fussent touchés de voir cette pesante masse :
Comme si d'occuper ou plus ou moins de place
Nous rendait, disait-il, plus ou moins importants !
Mais qu'admirez-vous tant en lui, vous autres hommes ?
Serait-ce ce grand corps qui fait peur aux enfants ?
Nous ne nous prisons pas, tout petits que nous sommes
    D'un grain moins que les éléphants.
    Il en aurait dit davantage ;

Mais le chat, sortant de sa cage,
Lui fit voir en moins d'un instant
Qu'un rat n'est pas un éléphant.

45. — Le Chat et le vieux Rat.

J'ai lu, chez un conteur de fables,
Qu'un second Rodilard, l'Alexandre des chats,
L'Attila, le fléau des rats,
Rendait ces derniers misérables :
J'ai lu, dis-je, en certain auteur,
Que ce chat exterminateur,
Vrai Cerbère, était craint une lieue à la ronde ;
Il voulait de souris dépeupler tout le monde.
Les planches qu'on suspend sur un léger appui,
La mort aux rats, les souricières,
N'étaient que jeux auprès de lui.
Comme il voit que, dans leurs tanières,
Les souris étaient prisonnières ;
Qu'elles n'osaient sortir ; qu'il avait beau chercher ;
Le galant fait le mort, et, du haut d'un plancher,
Se pend la tête en bas : la bête scélérate
A de certains cordons se tenait par la patte.
Le peuple des souris croit que c'est châtiment,
Qu'il a fait un larcin de rôt ou de fromage,
Égratigné quelqu'un, causé quelque dommage,
Enfin, qu'on a pendu le mauvais garnement.
Toutes, dis-je, unanimement,
Se promettent de rire à son enterrement,
Mettent le nez à l'air, montrent un peu la tête,
Puis rentrent dans leurs nids à rats,
Puis, ressortant, font quatre pas,
Puis enfin se mettent en quête.
Mais voici bien une autre fête :
Le pendu ressuscite, et, sur ses pieds tombant,
Attrape les plus paresseuses.
Nous en savons plus d'un, dit-il en les gobant :
C'est tour de vieille guerre ; et vos cavernes creuses

Ne vous sauveront pas, je vous en avertis ;
    Vous viendrez toutes au logis.
Il prophétisait vrai : Notre maître Mitis
Pour la seconde fois les trompe et les affine,
    Blanchit sa robe et s'enfarine ;
    Et, de la sorte déguisé,
Se niche et se blottit dans une huche ouverte.
    Ce fut à lui bien avisé :
La gent trotte-menu s'en vient chercher sa perte.
Un rat, sans plus, s'abstient d'aller flairer autour ;
C'était un vieux routier, il savait plus d'un tour,
Même il avait perdu sa queue à la bataille.
Ce bloc enfariné ne me dit rien qui vaille,
S'écria-t-il de loin au général des chats :
Je soupçonne dessous encor quelque machine ;
    Rien ne te sert d'être farine ;
Car, quand tu serais sac, je n'approcherais pas.
C'était bien dit à lui, j'approuve sa prudence ;
    Il était expérimenté,
    Et savait que la méfiance
    Est mère de la sûreté.

LA FONTAINE.

TABLE

PREMIÈRE PARTIE

DEUXIÈME PARTIE

MÉTHODE PRATIQUE ET RAISONNÉE

DE

STYLE ET DE COMPOSITION

PAR

E. ROBERT

PREMIÈRE ANNÉE

Livre du Maître, un fort vol. in-12 de 150 pages, cartonné. Prix net : 3 fr.

Livre de l'Élève, un fort volume in-12 de 216 pages, cartonné.

SECONDE ANNÉE

Livre du Maître, un fort volume in-12 de 500 pages, cartonné. Prix net : 3 fr.

Livre de l'Élève, un fort volume in-12 de 210 pages, cartonné.

A l'étude si délicate et si importante du français, du style, il a manqué, jusqu'à ce jour, une méthode, à la fois simple et attrayante. C'est à ce double avantage que la *Méthode de style Robert* doit l'accueil empressé et sympathique qu'elle a reçu dans les écoles primaires, les pensionnats, les petits séminaires et les collèges. Non-seulement elle offre aux élèves une gymnastique perpétuelle, mais elle fait travailler l'intelligence avec autant de plaisir que de succès ; elle est pour les professeurs une source inépuisable d'exercices et de devoirs : exercices *préparatoires* variés, quantité innombrable de sujets (sommaires et *développements* dans la partie du maître), traité théorique et substantiel de style, critique et analyse littéraires, versification, logique élémentaire, etc., enfin rien n'a été négligé pour rendre cet ouvrage intéressant, méthodique et complet. La *critique littéraire* est surtout appréciée des professeurs, qui apprennent à juger, à critiquer, à corriger un devoir français en toute connaissance de cause, et non arbitrairement et à l'aventure. Ils forment ainsi solidement le goût et le jugement des élèves ; ils trouvent eux-mêmes, à ces exercices, plaisir et profit.

9 782014 440850